Hiba
雲雀湯
illustration
シソ
轉學後班上的
清純可愛美少女，
竟是小時候
玩在一起的
哥兒們
5
Kadokawa Fantastic Novels

序章

語言具有類似魔法的力量。

國二那年春天，愛梨在運動會女子四百公尺接力賽跑獲勝時發現了這件事。

『像這樣抬頭挺胸的樣子很亮眼喔。』

『唔？咦、啊……』

起初愛梨沒聽懂「他」對自己說了什麼。

因為此刻眼前被捧的應該是一口氣從第四名超越很多人，為勝利做出決定性貢獻的最後一棒的女學生。

另一方面，愛梨是第二棒。雖然自認有維持名次，對勝利有點貢獻，但並不是最活躍的那個人。

除了愛梨，他也對另外兩人說了些慰勞之詞。

他一定是那種心思周全的人吧。

並不是只對愛梨差別待遇。

但愛梨是第一次被人如此稱讚，所以這句話還是讓她心跳加速，甚至到了作痛的地步。

不知不覺間，愛梨的目光都在他身上了。

海童一輝。

這個男孩子跟他姊姊都是學校的風雲人物。

身材修長，五官端正，總是帶著爽朗的笑容。

隨時隨地都注意儀容，洋溢著乾淨整潔的氣息。

永遠處在人們的話題中心，善於聆聽，也有很多人找他商量煩惱，不分男女。

打掃、辦活動、倒垃圾或擔任委員，就算被大家要求做這種麻煩的工作，他也會欣然接受，毫無怨言。

他會若無其事地借東西給忘了帶的人，若有人換髮型或帶了新的小東西，他也會立刻察覺並給予讚美。

不論對方是內向的肥宅還是外向的辣妹。

面對愛梨自然也不例外，他從未改變態度，一視同仁。

他就是這種對待外人親切和善的人。
而愛梨覺得他很蠢。
原來如此，如果當事人不僅高規格又觀察入微，當然會受歡迎吧。
確實有很多女孩子會錯意。
還有女孩子自顧自地覺得遭到了背叛。
自然也有莫名其妙嫉妒他的男孩子。
『海童是不是太囂張啦？』
『只因為他長得好看一點，又有個美女姊姊？』
『到處跟女孩子搭話，太沒節操了吧。今天也跟其他女孩子……他是怎樣？』
『我知道他想當好人啦，但這也太誇張了吧？』
『連又肥又醜的傢伙都不放過，這麼想刷好感度，我就認同他這股熱情吧。呀哈哈！』
看吧，只要到稍微遠一點的地方聽聽，就有一大堆閒言閒語。
這是成名的代價？還是他自作自受？
不管怎樣，他跟愛梨是不同世界的人，根本一點關係也沒有。
沒錯，只要像平常一樣低著頭，把這些話當耳邊風就行了。

但不知為何，聽到這些人不負責任地把他說成這麼壞的人，愛梨就感到不爽。
——像這樣抬頭挺胸的樣子很亮眼喔。
愛梨忽然想起他說的這句話。
當時他眼中沒有任何企圖。
而且愛梨觀察他這麼久，他也從未做出欺騙或貶低他人的行為。
肯定沒錯。
當時那句話一定是他發自內心的真心話吧。
他只是個笨拙的傻瓜而已。
跟這些只會嫉妒吃醋的傢伙相比，愛梨比較喜歡他那種人。然而他為什麼非得被這些人看不起呢？
不知不覺間，愛梨已經義憤填膺。
連她自己都覺得這並非明智之舉。
儘管如此，愛梨還是想證明他沒有在說謊。
當時的愛梨一定早就中了他的「魔法」吧。
所以愛梨抬頭挺胸去找以往毫無交集、初次見面的百花，直盯著驚訝的她的雙眼，說出自己的期望（咒語）。

『我想改變自己！請幫幫我！』

那正好是兩年前。

在暑假結束後還很炎熱的某天發生的事。

說出這句話之後，愛梨身處的環境便有了一百八十度大轉變。

第1話

來到都市的沙紀

即便是都市，初秋的天空還是高得彷彿比夏天又往上掀了一層，而且十分蔚藍。

清晨時分，整座城鎮還處於半夢半醒之間，貨車卻已經在幹線道路上忙碌疾馳，劃破有些涼颼颼的空氣。

從幹線道路轉進住宅區後就有一棟新落成的五層樓公寓，主要租給單身者。其中一間遮光窗簾緊閉的昏暗房間裡傳出了鬧鈴聲。

「嗯、嗯唔…………嗯嗯！」

沙紀懶洋洋地從被窩中伸手抓起手機，看了螢幕一眼就嚇得彈起身子。

「超、超過七點半了！媽媽，妳怎麼沒——……叫我、啊……」

有些洩氣的嗓音慢慢消失在物品稀少的空蕩房間裡。

這個時間在月野瀨絕對會遲到，但在都市的國中完全來得及。

沙紀眨了眨眼，並朝堆放了好幾個尚未開封的紙箱，只有最低限度的必要家具的房間看了一眼，接著喃喃自語：

「我已經搬家了啊……」

沙紀的獨居生活已經開始一個多星期。

這間位於都市，附儲藏室的一房兩廳格局的公寓房間，跟從來不鎖門窗的月野瀨不一樣，安全措施完善得連隔音都好得沒話說。聽不見外頭鳥獸宣告早晨來臨的叫聲，總是靜悄悄的，感覺有些淒涼。尤其搬家前幾天總會喵喵叫鑽進被窩裡的小貓（杉杉）不在身邊，更讓沙紀感到寂寞。

雖然已經配合新學期辦好轉學手續，沙紀依舊不習慣都市的生活。

她有些孤單，也對月野瀨依依不捨。

可是期盼能前往都市的人也是沙紀自己。

「好！」

她在胸前握緊拳頭為自己打氣後，便從床上起身。

就算時間還很充裕，自己打理儀容就得留意不少細節，沒辦法慢慢來。

她走到房間隔壁的廚房，將從冰箱拿出的水果穀物燕麥片淋上牛奶，快速準備好早餐。

用手機確認今天是星期幾，將可燃垃圾整理好後，才換上制服站在全身鏡前。

全新的水手服跟月野瀨那種俗氣的背心裙截然不同，連細節都充滿時尚的匠心設計。這身可愛的制服讓沙紀心中不禁浮現各種困惑。

我會不會撐不起這身制服？

聽姫子的話把裙襬改短到不熟悉的長度，看起來會不會不端莊？

異於常人的淺色頭髮在他人眼裡會不會很奇怪？

沙紀的臉頓時蒙上不安的陰影，但隼人和春希的臉龐忽然閃過腦海。

如果那兩人用憂心忡忡的表情看向自己，那自己可不能露出這種臉。

「我要出門了！」

於是沙紀擺出笑容，走出家門。

將可燃垃圾丟到公寓的垃圾集中處後，沙紀前往會合地點。

不管是在門口跟她擦肩而過的人還是路上的行人，都沒有與她互相寒暄，只是漠不關心地走過她身邊，甚至連看都沒看她一眼。

好多輛機車和腳踏車接二連三騎向車站。雖然這裡的人多到月野瀨完全不能比擬，沙紀卻有種錯覺，以為自己走在杳無人煙的荒野之中。

依舊殘留著濃烈夏日熱浪的太陽，將沙紀白皙柔嫩的肌膚燒得火辣辣的。

面對比月野瀨更加恐怖的悶熱感，沙紀「呼～～」地嘆了口氣並擦去額頭沁出的汗水，接著就看見對自己招手的春希。

「喂～～沙紀～～！」

「春希姊姊！」

沙紀帶著無比燦爛的笑容跑向春希。她放眼望向周遭，並沒有看見其他人，看來只有春希一個人。

看到沙紀跑向自己，春希將手放在下巴發出「哦～～」的聲音，嘴巴還彎成W型，用意味深長的眼神打量沙紀。

「唔嗯。」

「奇怪，小姬跟哥哥還沒──」

「這樣一看，水手服真的會讓人怦然心動呢，真不錯！」

「春希、姊姊……？」

「殘留幾分稚氣的臉龐，修長的手腳，看起來有些土氣的雙辮髮型，還有清純無瑕、楚楚可憐的氣息……是因為沙紀本身的膚色較白，這種形象才會特別強烈嗎？會讓人想把妳染成自己的顏色呢。」

「呃，那個……」

莫名興奮起來的春希帶著急促的呼吸步步逼近。

這麼端正的臉蛋湊近，沙紀不禁想起春希之前在月野瀨半開玩笑地逼近自己的回憶，忍不住雙頰羞紅，後退幾步。但春希不肯放過沙紀，只見她用手托住沙紀的下巴一抬，故意嚥了嚥口水，沙紀也不禁跟著吞了一口口水。

氣氛頓時變得有些曖昧。聽到春希被人打頭的聲音後，沙紀才猛然回神。

「真是的～～小春，妳在幹嘛啦！」

「好痛！」

「喂，春希，不准對別人性騷擾。」

「小姬！哥哥！」

轉頭看向聲音傳來的方向，就看到一臉傻眼的霧島兄妹。看來是姬子吐槽了春希。

隨後姬子將視線移向周遭示意「拜託妳們看看狀況」，沙紀也跟著看過去，才發現原本盯著她們的路人紛紛別開視線。

看樣子剛才太引人注目了。這次沙紀的臉因為羞恥而染得通紅，春希則俏皮地吐出粉紅色的舌尖。
重新打起精神後，四人一同在上學路上邊走邊聊。
「哎呀～～以前我自己穿的時候沒什麼感覺，像這樣重新看過才覺得水手服很讚耶。」
「對呀，確實有種特別的感覺，而且只有學生時代才能穿水手服。」
「其實我也有點憧憬。」
說完，沙紀朝自己身上望了一圈，衣領和裙襬輕盈地飛揚。
「嗯嗯，下次我也從家裡翻出來看看好了……欸，隼人你覺得呢？」
「妳問我嗎……」
話題忽然轉到自己身上，讓隼人露出有些為難的表情。
他用視線掃過春希、沙紀和姬子後，搔搔頭說：
「……我在制服這方面沒想過這麼多，所以不太清楚，也不是很在意。」
「什麼！很多人會用制服可不可愛來決定想讀的學校耶！」
「就算妳這麼說，反正男生制服到哪都一樣吧。而且春希妳居然會在乎這種事，讓我有點驚訝。」

「欸嘿！」

「喂。」

「哥，你在說什麼呀。注重時尚這一點對男生很加分耶！」

「啊，這麼說來，那間很多藝人就讀的名校！不光是女孩子，連男生都很會打扮呢。」

「對吧對吧。」

「「「就是說啊～～！」」」

一行人聊得相當熱烈。

腳下不是泥土裸露的田埂路，而是鋪上柏油的住宅區生活道路。

沒有從山上吹下來的風，而是從建築物排氣管吹出來的排風。

沒有在各座山間恣意生長的樹木，而是人為種植的行道樹。

鄉下和都市。

映入眼簾的景色和過去截然不同。

四個兒時玩伴像這樣並肩而行的感覺也很不一樣。

不久後，眾人來到前往各自學校的分岔路口。

「那我們往這邊走喔。」

「晚點見嘍，沙紀，小姬。」

「好，再見。」

「我們也走吧，沙紀。」

沙紀用有些羨慕的眼神目送走向高中的隼人和春希。

並肩同行的人數減少後，沙紀忽然有種匱乏感，好像胸口破了個洞，走在她身旁的姬子心情卻好得不得了。沙紀和姬子對上眼後，姬子便有些羞怯地說出心裡話。

「沙紀臨時搬過來讓我嚇了一跳，但以後又可以跟妳一起上學，我還是覺得很開心。」

「……啊……」

姬子也覺得一個人上學很寂寞吧。

畢竟以前她們都膩在一起。

隨後，靦腆的兩人不約而同地牽著彼此的手前往學校。

「……哇……」

在校門口停下腳步的沙紀發出讚嘆聲並抬頭看著校舍。

「怎麼了，沙紀？」

「嗯～我再次感受到都市的威力了。」

聽沙紀這麼說，姬子只是「啊～」地苦笑起來。

月野瀨的國中校舍和國小共用，是橫向狹長型的木造雙層建築，但都市的國中設計非常時尚又充滿立體感，和月野瀨截然不同。沙紀已經轉學過來好幾天了，卻還是會被震懾住。

更換室內鞋的校舍入口；通往教室的走廊；從連通道的走廊窗戶可以看見的操場。

看到四處都是同世代的學生，人數比祭典的人潮還要多，沙紀覺得自己好像闖入了異世界，感覺好不真實。

「早呀～～！」

「早、早安。」

走進三年四班的教室道早安後，以鳥飼穗乃香為首的女孩們一看到兩人就圍了過來。她們是姬子在都市的朋友，轉學第一天就聽姬子介紹過了。

「早啊～～姬子、沙紀。」

「欸欸，妳們有寫昨天出的數學作業嗎？」

「老師說他忘了出暑假的份，所以有夠多！」

「對啊對啊，都滿到背面去了！」

「咦？背面也有嗎！我只寫了前面耶！」

「霧島……」「姬子……」「啊～～啊～～……」「啊哈哈……」

姬子從作業的話題中發現自己粗心漏掉了，不禁慌張起來。穗乃香她們都用不意外的眼神看著她，彷彿習以為常。

「對了，村尾寫完了嗎？」

「很輕鬆嗎？還是歷經苦戰？妳們那邊的進度上到哪裡了？」

「我們這邊馬上要考高中了，聽說進度比較快的班級已經把教科書的範圍上完了耶。」

「在補習班進度超前的人好像也是耶～～」

「呃，那個，我……」

話題忽然轉到自己身上，讓沙紀嚇得肩頭一震。她腦袋一片空白，視線也游移不定。因為以前從來沒被同世代，而且是同班同學這樣連珠炮似的搭話過，所以她不知該作何反應。

看到沙紀啞口無言的反應，她們也一臉困惑，這時沙紀正好看見央求旁人借抄作業的姬子的背影。仔細想想，沙紀每次在月野瀨遇見隼人時，也總是躲在那個背影後頭。

這時若繼續保持沉默，就跟從前沒什麼兩樣了。

於是沙紀腹部用力，挺直背脊咳了一聲，彷彿要轉換現場的氣氛。

「不好意思，除了羊群以外，我沒有被人圍著搭話的經驗，所以嚇了一跳～～」

「「「……噗！」」」

多虧沙紀這句笑果十足的發言，周遭的緊張氣氛頓時被眾人的笑聲吹到九霄雲外。

「太好笑了吧～～你們那邊有羊喔！」

「嗯嗯，有時候在放學回家的路上，還要把逃出來的小羊抓回去呢～～」

「還會在附近四處亂晃嗎！」

「要說四處亂晃，黃鼠狼跟狸貓應該比較容易遇到吧～～？」

「真的假的！那不就是超級鄉下嗎！」

「啊哈哈，對呀～～到處都是田地，要走十分鐘以上才會到鄰居家。如果要去最近的超商，就得坐車翻越山頭，車程還要三十分鐘呢～～」

「嗚哈，超酷的！還有其他特色嗎？」

「我想想，超商的停車場大到很像飛機跑道吧～～？」

「什麼意思啊，好在意喔！」

「對了對了，聽說一天只有幾班公車或電車，是真的嗎？」

「真的有賣蔬菜的ㄒ商店嗎？」

「真的有很多地方手機都收不到訊號嗎？」

「因為霧島同學都不肯告訴我們那邊的事情嘛～～」

「哇哇哇！」

原本在遠處旁觀的其他女同學也被她們開心談笑的聲音吸引，趁機加入話題。看來她們也對轉學生充滿好奇。然而所有人一口氣衝過來問話，還是讓沙紀有種腦袋快脹破的感覺。

難以招架的沙紀向姬子拋出求救的眼神。「姬子住的鄉下啊～～」「我我我我我才不是鄉下人！」結果卻看到姬子提出這種沒什麼說服力的主張，被大家鬧著玩，就像在玩弄吉祥物似的。

沙紀覺得有些滑稽，忍不住哈哈大笑，身旁的人也再次露出笑容。

「噹～～噹～～」的下課鐘響起，宣告午休時間來臨。因為高中入學考試將近，教室裡的氣氛也瀰漫著一絲緊繃，唯獨這一刻，緊繃的情緒也能稍微放鬆。

沙紀想讀的學校，也就是隼人和春希就讀的那所高中，是這一帶最強的升學名校，競爭也非常激烈。

依照沙紀現在的成績，合格率應該在五成或略低的程度。

雖然不是完全沒希望，但也不能太過樂觀，所以沙紀上課時非常專心。不過她會在午休時間稍微喘口氣，用力伸伸懶腰。

「嗯唔、呼～」

周遭的人開始吵嚷起來。她看到有些人馬上拿出便當猛吃，有些人聚在一起討論午餐要吃什麼，以及大家早早衝出教室後散亂的桌面。都市的國中生從上課到午休的情緒轉換也快得嚇人。

沙紀悠哉地看著大家的反應，同時收拾課本。那午餐該吃什麼呢？姬子她——正當沙紀如此心想時，忽然有個黑影落在她的眼前。

「嗨，村尾。」

「咦？啊，是……？」

沙紀抬起頭，就看到總是處於班級中心的那位男同學。他面帶微笑舉起手，並將臉湊向沙紀。沙紀嚇了一跳，忍不住後仰，肩膀一顫。

他給人的第一印象就是那頭將側邊剃短的清爽髮型。渾身上下散發著乾淨爽朗的氣息，還會注重打扮，給人清新脫俗的感覺，在月野瀨根本找不到這種人。雖然臉上還帶著一絲稚氣，但長相十分帥氣。

其實沙紀也略有耳聞，知道他很受班上女生歡迎，然而不巧的是沙紀到現在都沒跟他說過話，一時間也喊不出他的名字。

所以沙紀不知道他為什麼會找自己說話，顯得有些緊張，表情也緊繃起來。

「放學後要不要一起去唱歌，或是去別的地方晃晃？」

「咦、什麼……？」

「啊，當然不是只有我跟妳啦，還有其他人也想一起去。」

說完，他將視線轉向後方，只見他身後有一群聚在一塊的男孩子。

沙紀感到困惑，但還是露出客套的笑容。其中幾個男同學便揮揮手走了過來。

「這樣可以培養感情啦，順便當成妳的歡迎會，要不要一起來玩？」

「之後準備考試也會越來越忙，趁現在製造一點回憶吧。」

「難得分在同一班，我們也想更了解村尾同學啊。」

「對了，妳跟霧島同學是兒時玩伴嗎？找她一起來嘛。」

「嗚呼～～我現在就好期待喔！」

「那、那個，我……」

結果他們完全不顧沙紀的反應，自顧自地聊了起來。

沙紀完全跟不上狀況，腦海一片空白。

因為她以前從來沒被同世代的男孩子包圍過，才顯得更加慌張。

（小、小姬～～！）

她偷偷瞥了好朋友姬子一眼，發現她正在拚命抄寫板書。可能是因為剛剛在打瞌睡，嘴角還留下口水的痕跡，完全是她平常的樣子。

「真可惜～～沙紀已經先跟我們約好了喲～～」

「鳥飼同學！」

「鳥、鳥飼？」「咦～～真的假的～～」「我們不能一起去嗎？」

這時，穗乃香迅速鑽到沙紀和那群男同學之間。

穗乃香對沙紀眨眼，再將她的手臂緊緊抱在胸前，彷彿要保護她。即使男同學們齊聲抗議，她也置若罔聞。

穗乃香出現後，其他女同學也陸續聚集過來。

「我們等等就要討論這件事，好了，男生們滾一邊去吧。」

「那我們就把沙紀帶走嘍～～」

「來來來，霧島也是……喂～～！霧島～～！」

「等、等一下～快好了！」

她們似乎來幫忙解圍了。

「嗯，就是這樣啦，走吧，沙紀。」

「啊，好。」

穗乃香向還在抱怨的那群男生揮揮手，拉著一臉呆愣的沙紀離開教室。

沙紀跟女孩們一起前往餐廳。

話題圍繞在剛才那群男同學的舉動。

「剛剛那些男生，一看就知道是在打村尾的主意嘛～」

「類似搭訕啦，搭訕。」

「畢竟村尾同學現在在男生之間很出名啊。」

「不喜歡的話就要果斷拒絕喔～」

「啊、啊哈哈……因為我的髮色有點奇特吧。」

說著，沙紀用左手捏起辮子，並皺起眉頭。

有些都市的國中生也會像姬子這樣漂染頭髮。

但沙紀與生俱來的淺膚色和淺髮色，在都市顯得格外獨特醒目，就像在月野瀨時那樣。

而且她又是轉學生這種忽然闖進日常生活的異樣存在，才顯得更加突出。

沙紀也有自覺。或許是被這股獨特感影響，現在與她擦肩而過的人也都不自覺將視線拋過來。

可是一到餐廳，這種視線就消失無蹤了。

在票券機前大排長龍的隊伍、人山人海的福利社，以及大家將各自買來的午餐打開，聊得不亦樂乎的桌席區，整間餐廳人聲鼎沸。

沙紀以往的認知只停留在公路休息區那種非正規的美食街，面對這種盛況，她還是忍不住屏息。

「便當組先去占位子吧。」

「那我去倒茶。」

「我去福利社買三明治喔。」

「村尾，妳要吃什麼？」

「我、我今天吃學餐～」

這兩天沙紀有衝去福利社買麵包，但慢吞吞的她只能買到剩下的熱狗堡麵包，因此她認清自己不適合跑福利社。

快。

她「啊哈哈」地苦笑，加入票券機前方的隊伍。

雖然排了很多人，大家似乎早就決定要點什麼了，因此隊伍不斷前進，流動的速度相當快。

沙紀對此有些吃驚，而且沒過一會就輪到她了。接著她「咦」的一聲愣在原地。

票券機上羅列著烏龍麵、蕎麥麵、各種蓋飯，以及使用牛、豬、雞、魚等食材的各式套餐，單點和配料的種類也很豐富，而且所有品項都很便宜。沙紀不知該選哪一種，手指徬徨不定，感到眼花撩亂。她以前只見過公路休息站那種只有四種菜色的票券機，都市的國中學餐對她來說有如晴天霹靂。

「唔！」

這時，她聽見後方傳來「咚咚咚」這種催促般的踏地聲。她後面還排了好多人，氣氛顯得有些焦躁，畢竟大家都餓了。

慌慌張張的沙紀反射性地點了豆皮烏龍麵。

沙紀端著豆皮烏龍麵回到座位時，大家正好也都回來了。

各自雙手合十說了聲「開動」後，一行人就吃起午餐。

「餐廳的菜色比想像中還要多耶，嚇死我了～～」

「啊～～我懂。我一年級的時候也不知道該怎麼選。」

「我覺得福利社品項也很多，午餐的選擇很豐富，感覺很讚。」

「餐廳有熱水機，有些男生還會帶泡麵來泡呢。」

「這麼說來，我們班也有這種人耶～～」

「哦，這樣啊～～小姬都帶便當吧……呃，小姬？」

沙紀不經意看向姬子，發現她看著打開的便當盒發出「唔唔唔」的低吟聲。

姬子的便當主菜是用火腿、杏鮑菇、洋蔥、青花菜、蔥花和蛋炒得粒粒分明、色澤鮮豔的炒飯，旁邊放了秋葵和切片番茄這兩樣配菜，看起來明明非常可口。沙紀不明所以地歪著頭，穗乃香則「啊啊」地苦笑，似乎猜到了答案。

「原來如此，是番茄啊。」

「哥明知道我討厭番茄……」

「霧島，妳是不是又惹到哥哥了？」

「是因為我上次一直不去洗澡嗎？」

姬子嘟起嘴巴，穗乃香她們也出言調侃。

沙紀卻發出「唉……」這聲難以言喻的嘆息。

「小姬，那個便當果然是哥哥做的嗎？」

「嗯，對呀。青花菜的莖、用剩的杏鮑菇……這是順便清冰箱吧。啊，還放了豆腐。」

「充分利用每一樣食材，還考量到營養成分跟熱量……」

「啊哈哈，也可以這麼說啦。」

其實沙紀本來也想自己準備便當。

但實際展開獨居生活後，光是每天的生活瑣事就讓她忙不過來，根本無暇準備便當。現在學了一點烹飪技巧後，從姬子的便當就能看出她跟隼人的家務能力有多懸殊，她不禁眉頭深鎖。

隨後，沙紀發現穗乃香她們用意味深長的眼神盯著自己。

「哦～～果然是我想的那樣吧？沒錯吧？」

「嗯嗯，可疑，絕對很可疑。」

「妳的對手很難對付喔～～」

「沒事沒事，我們都站在村尾這邊。」

「什麼……？」

不知為何，穗乃香她們都露出得意洋洋的表情。沙紀覺得自己的內心被她們看得一清二楚，於是害羞地縮起肩膀。

這時，姬子一臉呆愣地問：

「妳們在說什麼？」

「嗯～～我們在說下次要去白糕點鋪視察敵情啦。」

「啊，我想去我想去！那裡的制服超可愛，甜點好吃，又是老店，也得帶沙紀去一趟才行！」

「啊哈哈，就是說呀～～」

穗乃香等人看著姬子激動的模樣，不禁會心一笑。

放學後。

沙紀和姬子、穗乃香她們一起離開學校。

一行人的目的地是歡迎會的會場，也就是沙紀的家。她們似乎想瞧瞧一個人住的房間是什麼樣子。

和充滿好奇的她們邊走邊聊十五分鐘後抵達公寓，沙紀先穿過擺了沙發、觀葉植物、成排郵箱和宅配箱的入口大廳，解開自動門鎖再邀請眾人入內。

搭乘並排的幾座電梯來到三樓，穿過開著中央空調的內部走廊後，沙紀打開308號室的門鎖。

「東西還沒整理好，感覺有點害羞……」

「打擾了～～！」

姬子活力十足地打了聲招呼就往客廳走去，穗乃香等人則戰戰兢兢地脫鞋入內。

兩人座的沙發、矮桌、木製電視櫃和尺寸偏大的電視。牆邊有個還沒擺放任何東西的置物架。

打掃得一塵不染，但因為空間寬敞，東西也不多，又感覺不到生活的痕跡，說好聽點很像樣品屋，然而這間房還是有種說不出的寂寥感。

不過姬子對此毫不在意，將書包丟到地上後，逕自在房裡東張西望，感覺很興奮。

「欸欸，搬家的時候我只幫妳搬了東西，沒有仔細看過，可以讓我探險一下嗎？」

「可以啊，但沒什麼特別的喲～～」

「這裡是沙紀的寢室嗎？啊哈哈，這裡也沒東西耶～～接下來的季節需要大衣這些衣服，應該擺個吊衣架比較好吧？」

「說得也是～～感覺搬得太匆忙了～～」

穗乃香等人像到了別人家的貓一樣老實安靜，跟姬子的反應截然不同。回想起來，她們走進公寓後一句話也沒說過。

被沙紀滿臉疑惑地歪著頭一看，穗乃香才猛然回神，小心翼翼地問道：

「呃……房間，感覺很大耶。難道沙紀是有錢人家的大小姐嗎？」

「…………咦？」

大小姐。

這個陌生的詞彙，讓沙紀忍不住發出傻傻的聲音。

不知為何，其他女同學也都頻頻點頭。

「啊哈哈，她只是普通的鄉下人啦。」

「不不不，這房間一個人住也太大了吧！」

「公寓入口跟內部走廊都超漂亮的耶！」

「對了，走廊上是不是還有一扇門啊？」

「漂、漂亮是因為這棟公寓屋齡很新啦，走廊那間算是備用房？媽媽跟奶奶應該偶爾會來住幾晚，所以……」

「嗯～～先不說算不算大小姐，沙紀家的神社有千年以上的歷史，也算名門世家吧。」

「小、小姬～～！」

聽姬子這麼說，穗乃香她們都「「「喔喔喔～～！」」」地興奮起來。

隨後姬子又說：「喏，這是沙紀家的神社，還有今年夏日祭典的服裝！」把手機照片拿給她們看，一群人就發出「天啊，好大！」「感覺歷史悠久！」「嗚哇，這套衣服超美的耶！」「不愧是大小姐！」等令沙紀難為情的喊叫聲。

羞得無地自容的沙紀心想「只是一間老神社而已」，丟下一句「我、我去準備飲料～～」就逃進廚房了。

她從冰箱裡拿出瓶裝茶，卻突然停下手。

家裡沒有訪客用的杯子，連自己的餐具都少得可憐。

搬家時給來幫忙的人用的紙杯還剩幾個，她拿著紙杯心想「這哪像大小姐呀」，帶著苦笑走回客廳。

結果這次讓眾人興奮不已的，是今年暑假和返鄉的大家玩耍時拍的照片。「哇，在河邊戲水好像很好玩！」「烤肉耶，好讚喔～～」「真的被羊群包圍了耶！」當大家七嘴八舌聊著天時，穗乃香不經意說了一句：

「這是二階堂學姊吧？她居然會露出這種笑容……」

「把烤肉用的木炭搭著玩的表情，從她在學校的表現完全無法想像呢。」

「她是很親切啦，但感覺很像誰也無法親近的高嶺之花。」

「運動和學業成績都高人一等，比較像酷酷的冰山美人。」

「對啊，之前打工的時候，動作也很俐落呢～」

「「……咦？」」

沙紀和姬子不禁面面相覷，發出傻傻的驚呼。

兩人在腦海中回憶春希以往的表現，也跟穗乃香她們說的形象對不上。

姬子一臉疑惑地說：

「呃，妳們是不是認錯人啦？她可是小春耶。教別人讀書的技術爛到不行，在我家總是一副邋遢的樣子。昨天也說『好便宜！』就把放了泡澡球就會游泳的小鴨玩具買回來了。」

「結果那個後來放在小姬家嗎？」

「對啊，哥也很好笑，居然馬上就去藥局買泡澡球，幼不幼稚啊！」

「啊、啊哈哈……」

姬子所形容的春希，讓穗乃香她們完全沒有頭緒。

看來春希平常在外的表現跟沙紀她們的認知不太一樣。

所以春希的話題勾起了雙方的好奇心，讓大家聊了好一陣子。

「嗯，奇怪……？」

「怎麼了？……十八禁？」

「！」

這時有個女孩提出疑問。她的視線落在靠近寢室的那張書桌，桌上的筆電旁邊放著貼有十八禁醒目貼紙，封面還印著可愛女孩插畫的光碟盒。這個東西出現在沙紀的房間裡，感覺有點格格不入。

女孩們疑惑地歪著頭，沙紀的臉也轉眼間染紅。

「呃，那個，這個是！在鄉下，小姬的、哥哥！呃，雖然有點那個，但劇情很棒！」

「啊～～！那是哥的色情遊戲～～！」

「「「！」」」

穗乃香她們嚇了一跳，但也吞了吞口水。

她們也是正值青春期的少女，當然會對這方面感興趣。

大家不約而同地看向彼此，其中一人迅速舉起手說：

「提議，來開一場研討會，作為將來的參考吧。」

之後她們忽然展開「遊戲大會」，還做了復盤後，穗乃香等人就帶著光采動人的肌膚回家去了。

「嗯。」

「我們也過去吧，小姬。」

將房間收拾乾淨，做了簡單的打掃後，沙紀就和姬子一同前往霧島家。徒步大約五分鐘，物理上的距離比在月野瀨時近了許多。

自從搬家以後，沙紀都在霧島家吃晚餐。隼人說「反正春希也會來，三個人或四個人都沒差」便邀她來吃晚餐。雖然有些不好意思，但沙紀真的沒有多餘的心力準備晚餐，便恭敬不如從命。而且這樣也能增加相處的機會，因此沙紀很開心。

她和姬子並肩走在與學校反方向的住宅區。

時序進入初秋後，日落的時間也提早了不少。

路上的行人像是被太陽催促，一個個奔回家去。

沙紀她們也跟這些人一樣，迅速走進以家庭居多的大型公寓。

「歡迎妳來……呃，嗚哇！」

「啊哈哈……」

「啊，小姬、沙紀，妳們回來啦。」

一回到家，姬子就發出驚嘆。

穿著制服的春希仰躺在客廳沙發上，把腳跨在扶手上看漫畫。裙子都掀到快要走光的程度，有些角度甚至會不小心看到裙底，她本人卻毫不在意。看到這有失體統的模樣，沙紀也發出「啊哈哈」的苦笑聲。

隼人則是在廚房準備晚餐，完全沒把心思放在春希身上，一定是習以為常了吧。

兩人如此自然的關係，讓沙紀有些羨慕。

「討厭，小春真是坐沒坐相！妳的腳！」

「嗯，看得到喔？對了，小姬，妳要看漫畫嗎？」

「小春~~……哇，最近班上都在討論這部間諜漫畫耶！」

「對啊對啊！看了昨天播的第一集動畫，今天放學後不知不覺就全買回來了。來，給妳第一集！」

從春希手中接過漫畫後，姬子馬上就陷進去了。這個朋友還是這麼容易上鉤，沙紀有些傻眼地嘆了口氣。

可是氣氛還不錯。

而且沉浸在漫畫世界中的姬子和春希也替沙紀在沙發上留了個位置。這個舉動彷彿在告訴沙紀，自己在這座過去根本無法想像的都市中也有容身之處，一股暖流在心中瀰漫開來。

於是沙紀決定仿效（順著好意）兩人坐上沙發，然而隼人站在廚房的背影頓時映入眼簾。她來回看了沙發和隼人的背影，猶豫了一陣，最後還是在胸前握緊雙手，朝廚房走去。

「哥哥。」

「啊，沙紀，妳回來啦。」

「！嗯，我回來了。」

這聲突如其來的招呼，讓沙紀不禁怦然心動。

妳回來啦；我回來了。

這兩句話再平常不過。隼人說完也是繼續哼歌將萵苣切絲。

但卻是前所未有，意義非凡的兩句話。

為了不讓隼人發現心中的悸動，沙紀依舊面帶微笑拋出話題。

「那個，你穿上這件圍裙了呢。」

「之前用的那件已經舊了嘛。雖然馬上就被油噴到了……但我有把汙漬洗乾淨，好好珍惜喔。」

「啊哈哈，圍裙本來就會弄髒嘛。被你用得這麼寶貝，這孩子也會很開心吧。是不是呀，小狐助？」

「它有名字喔？」

「呵呵，我剛剛取的。」

「！這、這樣啊。」

這件圍裙是沙紀送給隼人的生日禮物。沙紀看著縫在圍裙上的狐狸繡章，露出有些淘氣的笑容。

雖然覺得這段對話有些孩子氣，但沙紀從未體驗過，因此她開心得不得了，嘴角也微微上揚。

「對了，需要我幫忙嗎？」

「嗯，我想想……可以幫我從冰箱拿優格過來嗎？」

「優格？」

「我要加在番茄咖哩裡面提味。」

「哇！」

說完，隼人就掀開正在熬煮的熱鍋，刺激食慾的香氣立刻擴散到房內各處。鍋中燉煮的是帶點紅色的咖哩醬，還有茄子和櫛瓜在醬汁中載浮載沉。從顏色和氣味能感受到一股辛辣，但只要加入優格的酸味，在這個令人大汗淋漓、依舊燠熱的時期，也能一口接著一口。

這時客廳忽然傳來兩道肚子餓的「咕嚕」聲，似乎也表示認同。看到姬子和春希將臉藏在漫畫後頭試圖掩飾，沙紀和隼人不禁相視而笑。

「沙紀，幫我拿盤子過來好嗎？」

「嗯！」

「「「「我要開動了！」」」」

霧島家的飯廳傳來四重奏。

「嗯～～酸味、甜味和辣味融合得太絕妙了！但醬汁感覺有點稀耶。」

「可能番茄的出水量比想像中多，燉煮時間也不長，才會有點水水的。」

「好吃、好燙、好辣，哥，給我水！」

「好好好，小姬，水來了。」

「對了，小姬，妳不是討厭番茄嗎？卻敢吃番茄咖哩啊？」

「我討厭的是生番茄！我真的受不了那種澀味……但我超愛番茄醬！還有義大利麵的茄汁！」

「啊、啊哈哈，原來如此……」

大家一邊津津有味地吃著番茄咖哩，一邊笑著聽沙紀講述都市和鄉下老家的不同之處。像是今天在上學途中看到自動販賣機有柿子和栗子的飲料；有些同學暑假結束還沒收心，叫了名字後隔幾秒才有反應；還有班上人數比月野瀨多，很難記住同學的名字跟長相等等。

展開獨居生活後，沙紀碰上很多難題與困惑。

但她還是覺得狠下心搬來都市是正確的選擇，並露出微笑。

「哦，好香的味道。」

「老爸？」「叔叔！」

「「！」」

這時客廳的門「喀嚓」一聲打開，一位跟隼人和姬子有點像的壯年男性從門後現身。他就是兩人的父親，也是這個家的家主，霧島和義。

不過看見和義返家，隼人和春希都發出相當意外的聲音。事實上，沙紀搬來都市一陣子了，也是第一次見到他。

「……」

「「「「……」」」」

現場一片靜默。

現在快要晚上七點，應該是一般家庭團聚的時間，和義本人卻顯得有些無所適從。

整個人的氛圍有些凝重。

或許是因為和義的上衣皺巴巴的，兩眼下方還掛著黑眼圈吧。

沙紀忽然發現飯廳已經被坐滿，便急忙開口：

「那、那個，請坐……！」

「！啊、啊啊，沙紀，妳坐著就好。」

沙紀連忙起身，和義便慌張地制止她。

隨後和義走進廚房，用熱水壺的熱水泡了杯咖啡，就坐到客廳沙發上並放下行李。

在這茫然無措的氣氛中，隼人清了一下喉嚨。

「那個，老爸，你今天很早耶，難得在這個時間回來。」

「對啊，傍晚跟醫院的人談了一下。」

醫院。

聽到這兩個字，姬子的肩膀微微一震，表情也僵住了。

隼人可能也察覺到妹妹的反應了，便小心翼翼地斟酌用詞。

「那個，什麼時候可以回來？」

「已經復原得差不多了，她也希望能盡早出院……但畢竟是第二次，我覺得還是小心為上。」

「……這樣啊。」

他剛才應該跟醫生談了這些事，看來情況還算順利。

不只是和義，連剛剛在一旁看得提心吊膽的春希也和隼人一樣鬆了口氣，臉上浮現出笑容。氣氛和緩了些。

唯獨姬子依舊愁眉苦臉，隼人也眉頭緊蹙。

這時，沙紀腦中閃過朋友的母親之前第一次昏倒時的事。

『拜託妳，讓姬子，讓我妹妹露出笑容吧！』

她也想起隼人過去說的這句話，那個和自己相同的願望。

因此沙紀雙手合掌，努力發出活潑開朗的聲音。她覺得自己必須這麼做。

「那、那個，我想買東西！我才剛搬過來，還缺好多東西喔！」
脫口而出的卻是如此只想到自己的言論。
所有人都盯著她，她自己也覺得：「就沒有其他更好的說法了嗎？」
這時，她跟隼人對上視線。他的眼神中透露出驚愕，還能看出些許不安。
所以沙紀露出微笑，其中蘊含了堅定的安撫之情。
見狀，隼人倒抽一口氣，彷彿也理解了沙紀的用意，於是立刻接著說：
「對啊，妳才剛搬過來，應該還缺不少東西吧。我也有想要但遲遲沒買的東西，像是壓力鍋。」
「壓力鍋啊……我也有幾本漫畫跟輕小說的新刊還沒買呢。」
「嗯？站前沒有書店嗎？」
「隼人，你不懂啦，要在那種專賣店買才會付特典啊。喜歡的作品就該全包才行！」
「嗯？我有個單純的疑問，這樣不就有好幾本一樣的書，妳要怎麼處理？」
「那還用問！留一本自己看，其他本用來推廣給朋友啊！」
「咦？春希，有人會跟妳借漫畫嗎……」
「這裡不就有一個嗎！」

「最近書櫃上確實多了幾本沒看過的書……還有其他人嗎？」

「呃…………………」

「……別放在心上！」

「討、討厭～～你很壞耶！沒關係，下次我會帶去沙紀家！」

「啊、啊哈哈，春希姊姊……」

春希也順著這個趨勢轉移話題。

氣氛變得和樂融融，姬子也用爽朗的嗓音「啊！」了一聲，自然而然地加入話題。

「對了，秋裝也出了很多款式耶，我想去看看！」

「姬子，現在穿秋裝不會太熱嗎？」

「哥，你不懂啦。當然是先買先贏啊，熱也要忍！」

「而且哥哥，這個時期季節轉換的速度比想像中快呢，現在先準備也不會太早。我也覺得學校的空調太冷了，想買一件針織外套。」

「是、是這樣嗎？春希……欸，妳剛剛明顯把視線別開了吧？」

「哇──我也該買些秋裝了呢──」

「……真是的。」「小春……」「啊、啊哈哈。」

春希的反應讓眾人不禁笑成一片。

看著他們的和義也像是忽然發現什麼似的，拋出一句心有戚戚焉的感想。

「女孩子挑衣服是門大學問喔，隼人。」

「……光用想的就覺得很辛苦。」

「到時候讓她們幫你選衣服就行了。我想想，正好是高中的時候嗎？你媽說想買東西，就把我帶出去了。當時我們還只是冤家——」

「等、等一下，老爸，該不會！」

「呀～～！爸，說詳細一點！」

「哇、哇，難道是叔叔和阿姨的！」

「幫隼人選衣服……應該還可以吧。」

開始談情史了。

好友的爸媽在月野瀨也相當出名，能聽到他們交往前的故事，讓沙紀也不禁好奇起來。姬子已經興奮地喘息了。

但隼人似乎覺得聽老爸講戀愛故事很丟臉，硬是把話題帶開。

「對、對了，剛跟春希再見到面時，她的服裝品味爛到不行耶。」

「啊～～小春的衣服真的慘不忍睹。」

「咪呀！隼人、小姬！」

「咦？可以再多說一點嗎！」

「我有拍照喔，喏，妳看。」

「…………哇啊。」

「連、連沙紀都這樣～～！」

笑聲以春希為中心逐漸擴散開來。

不知不覺間，沉重的氣氛也一掃而空。

發現這一點後，沙紀暗自鬆了口氣。

這時，她和隼人四目相交。隼人的眼神藏著感激，露出淺淺的微笑，因此沙紀也回以笑容，表示「這沒什麼」。結果隼人微微睜大眼睛，有些害羞地搔搔頭並將臉別向一旁。

雖然隼人比較年長，沙紀還是覺得他的反應有點可愛。

都市的夜空中沒有月亮，星子也屈指可數，夜色如潑墨般擴散開來。

多虧了地上閃耀的眾家燈火，四周還是明晃晃的，跟月野瀨大不相同，和天空的邊界也較為模糊。

離開霧島家的沙紀和春希在回家的路上。

「……」

「……」

兩人之間一句話也沒有。

只聽見「喀喀」的腳步聲。

並不是因為覺得尷尬，真要說的話，「剛剛在霧島家已經聊得差不多了」這種說法比較貼切。

此刻的氣氛相當自在，而且她跟春希的距離確實拉近了不少。

沙紀偷偷往旁邊瞥了一眼。

二階堂春希。

這個清純可愛的女孩子，從小就是跟隼人走得最近的人。

剛才她在霧島家表現得毫無防備。

說起話來也沒在客氣。

察覺姬子的異狀後也馬上貼心地順著話題答腔。

這些事只有她才能做到。

路燈照亮了春希的側臉，讓沙紀的內心有些躁動。

這時，忽然有一陣秋風吹拂而來。

「呀！」

「哇！」

沙紀的裙子被吹了起來，她急忙壓住比月野瀨的學校還要短的制服裙襬。春希也按住被風吹得飄揚的長髮。

這個時期入夜後果然略有涼意，讓人全身發顫。

春希似乎也有同感，兩人四目相交時，她露出有些尷尬的笑容。

好美的笑靨。

可是笑容中帶著一種朦朧感，就像這個都市輪廓模糊的月亮一樣不真實，虛無飄渺，彷彿下一秒就會消失。

春希偶爾會露出現在這種落寞的神情。

——二階堂真央，不，田倉真央。

沙紀才搬來都市沒多久，班上總是談論著她的話題。雖然在月野瀨沒什麼感覺，她似乎是家喻戶曉的名人。

沙紀當然沒聽說過田倉真央有女兒。

春希應該不可能毫無想法吧。

這樣的春希，只在隼人面前露出天真無邪的笑容。一想到隼人在她心中占了多大的分量，沙紀頓時覺得胸口一緊。

「那個——」

「！」

見沙紀表情如此，春希便出聲關切。

沙紀一時有些慌張，手機忽然發出通知聲。

「啊！春希姊姊，妳看！」

「——哇啊，是之前那隻小貓！」

媽媽傳來的照片是最近養在村尾家的小貓杉杉。

杉杉仰躺在地，肚臍朝天擺出萬歲姿勢，照片上還配了「我以前是流浪貓，已經忘記野生生活了」這行字。

沙紀滑了幾下螢幕，又看見杉杉和心太一起在簷廊睡午覺、往逗貓棒飛撲，以及在貓碗前仰起頭催促的照片，展現出各種不同的神態。

沙紀和春希立刻笑得眼角下垂。

「爸爸徹底被杉杉俘虜了嘛……心太也幾乎天天過來。」

「呵呵，感覺杉杉已經是你們家的一分子了。」

「杉杉真的好黏人，半夜都會偷偷鑽進被窩裡。」

「真好……」

杉杉是被春希發現救回來的小生命。

因為有春希，如今牠才能活得這麼幸福。

所以沙紀看到春希唉聲嘆氣的模樣，便想給她一點信心，並對她救了杉杉一事表達謝意，於是開口：

「春希姊姊，那個，下次來辦睡衣派對吧，像在月野瀨那時候那樣！」

「咦？啊……」

「搬出來一個人住之後，該說是慢慢習慣了嗎，我總覺得有點寂寞……而且我家還有多的房間呀，對吧？」

又搬出這種只想到自己的理由。沙紀覺得好丟臉，整張臉都紅了。

但春希眨眨眼盯著沙紀一會後，說出意想不到的一句話。

「沙紀，真的很感謝妳願意搬過來。」

「……咦？」

說完，春希溫柔一笑。

就是只在隼人面前展現的那種發自內心信賴的笑容。

沙紀感受到春希的心意，胸口湧現一股暖意。

隨後春希又露出「平常那種」淘氣的笑容，對沙紀說出「有些任性」的提議：

「既然要辦，我想在小姬家辦，畢竟隼人也在嘛。我們來熬夜，租平常不會看的電影來看。」

「哇啊，感覺很好玩！」

「睡覺的時候，我想跟大家打通鋪一起睡。」

「嗯，小姬的房間可能沒辦法吧。」

「那我們就占據客廳！」

「啊哈哈！」

春希和沙紀一邊擬定計畫，一邊往空無一人的家走去。

樂呵呵的笑語聲輕飄飄地融入都市朦朧的夜色之中。

第2話 這種地方

隼人飄盪在如雲朵般柔軟的朦朧意識之中。

讓自己沉浸在這片極度平靜舒適的空間後，他聽見某處傳來熟悉懷念的聲音。像是被那個聲音牽引，他想起小時候的夢想。

過去。

仍然一無所知，天真地相信那些日子會持續到永遠的那個時候。

隼人的夢想是當個牛仔。

騎在大狗背上追趕羊群，聽起來十分可笑（幼稚）。

就像當時幻想的那樣，大狗載著夢中年幼的隼人，在月野瀨的田埂路上奔馳。

茶園、養雞場、木材加工廠。

豐富多彩的景色一幕幕在眼前流逝。那個時候，不管是牛仔還是其他夢想都能實現。

這時，夢中的狗忽然「嗶嗶嗶（汪！）」地大叫起來。

地面隨即崩裂，讓隼人跌入地底（現實）。

他伸出手拚命掙扎——

「——！」

隼人像彈簧玩具那樣彈起上半身。

他滿頭大汗，心臟快速跳個不停。

草木開始結露的初秋時節，熱度消褪幾分的陽光從窗簾邊透入室內。

書桌上久違傳來鬧鐘聲。他平常總在鬧鐘響之前就醒來，因此他帶著稀奇又緊張的心情看了時鐘一眼——忍不住倒抽一口氣。

「唔咦！」

回過神才發現，比平常設定的時間晚了半小時以上。雖然不至於遲到，但就算現在馬上出門，也很難趕上跟春希她們約好的時間。

到底怎麼回事！是哪個步驟搞錯了嗎！這麼說來，昨晚睡覺前我是不是在地上摔了一大跤？隼人用混亂的腦袋試圖回想，時間卻一分一秒流逝。

隼人猛然回神，立刻傳訊息告訴春希「我可能會晚一點」。

「姬子，快起床～～！」

「唔呀！」

隨後他連忙叫醒姬子，急匆匆地奔出家門。

天空是彷彿能穿透的蔚藍色。

遠方能看見好幾棟往天空延伸的高樓。

都市不像月野瀨，周遭沒有遮蔽視野的群山，世界看起來更加遼闊。

上學路上的行道樹葉子已經開始變黃。可能是這個原因所致，今早的空氣感覺比以往涼了一些。秋日祭典結束後，制服一定也會從夏裝慢慢換成秋裝吧。

「抱、抱歉，我來晚了……」

「呼～呼～～」

全力奔跑的隼人和姬子卻滿頭大汗。

在集合地點等待霧島兄妹的春希和沙紀不禁露出苦笑。

「難得隼人會睡過頭耶。」

「我也、好幾年、沒這樣了、所以、嚇了一跳……」

「啊哈哈，好啦，先調整一下呼吸吧。喏，時間跟平常差不多。」

「……好。」

隼人做了幾次深呼吸調整呼吸節奏，再用手背擦去額頭沁出的汗水。入秋後依舊熱力四射的太陽顯得有些可恨。

同樣氣喘吁吁、汗流浹背的姬子用沙紀遞來的手帕擦完汗後，肚子發出「咕嚕～～」一聲巨響。在三人的注視之下，姬子滿臉通紅地嘟起嘴巴。

「我、我沒吃早餐，又拚命跑過來嘛……」

「哈哈，我今天早上也有體育課，沒吃早餐應該撐不住。要不要去一趟超商？」

「去國中的路上那一間嗎？」

「老地方啦。在小姬昏倒之前趕快過去吧。」

於是一行人加快腳步往超商走去。

住宅區外圍有間超商，位置就在去學校的途中。可能是面向馬路的關係，店鋪前方設有停車場，是都市較為少見的類型。

時值早晨，店裡有很多趕著去上班的人以及身穿各種制服的學生。這些人應該也跟隼人他們一樣是來買早餐的吧。

一走進超商，隼人的襯衫背後就被人拉住了。他疑惑地轉頭一看，發現姬子「嗯！」的一聲朝他伸出掌心。

因為睡過頭來不及準備早餐，隼人看懂姬子的意思後，就拿了五百圓硬幣給她，結果姬子露出不滿的表情。於是隼人「唉」地嘆了口氣，又皺著眉頭追加兩百圓，姬子才馬上轉為笑容，丟下一句「謝謝哥！」就跑到甜點區了。

隼人搔搔頭，傻眼地心想「這丫頭真現實」，結果聽見身旁傳來「嘻嘻嘻」的偷笑聲。

「隼人，你真的很疼小姬耶。」

「我哪……」

「嗯呵呵，別說了，我都知道。那我去看看有沒有新的泡麵上架吧～」

「啊，喂，春希……真是的。」

對隼人調侃一番後，春希就走到泡麵區。

被留在原地的隼人心想「我哪有啊」，露出一言難盡的表情。

這時，他發現身旁的沙紀有些心神不定。

「沙紀？」

被隼人這麼一問，畏縮的沙紀先是往周遭看了一圈，才有些顧慮地在隼人耳邊輕聲說：

「那個，該說是視線嗎？我還不習慣人多的地方……」

「嗯……？」

聽沙紀這麼說，隼人也偷偷放眼望向周遭。

店裡的男男女女確實都將視線拋了過來。不只沙紀，連春希和姬子也是目光的焦點，隼人才恍然大悟地明白沙紀在說什麼。可見她們就是這麼引人注目。

隼人往店內一瞥。

一臉認真地挑選泡麵的春希，其端正的五官、烏黑亮麗的長髮，以及從制服伸出的修長手腳，看起來就是清純可愛的女孩。她經常像這樣成為眾人的焦點。

在甜點區動來動去的姬子有一頭蓬鬆的捲髮，儀容方面也比平常人下了一倍的工夫，算得上是時下的可愛女孩。但她一大清早就亢奮地不斷喊著：「栗子！南瓜！地瓜！」難怪別人會對她行注目禮。

反過來說，沙紀又是如何呢？

天生顏色淺的亞麻色頭髮，配上晶瑩剔透的白皙肌膚。雖然臉上還殘留幾分稚氣，立體的五官給人清純無瑕的感覺。尤其隼人在月野瀨看過她的巫女裝扮，感覺更是強烈。

這麼一看，雖然類型不同，沙紀也稱得上美少女，跟春希相比毫不遜色。

「因為沙紀很可愛，他們的目光才會集中在妳身上吧。」

「唔咦！可、可愛……！」

「妳在學校應該也會像這樣被盯著看吧？」

「那、那個……啊唔唔……」

「…………啊～」

隼人老實說出內心感想，沙紀的臉就慢慢羞紅起來，隼人也覺得很意外。他只是把平常被姬子逼著說的那套說詞搬出來，沙紀的反應卻跟妹妹完全不同，因此他有些困惑，也忍不住怦然心動。

兩人之間瀰漫著羞澀的氣氛。

這時春希忽然走了過來，從旁將沙紀摟進懷裡，像是要保護她不受隼人傷害，並用抗議的白眼瞪了隼人。

「隼人，你幹嘛調戲沙紀？」

「這、這哪是調戲……」

「也對，我能理解你的心情啦。」

「春、春希姊姊？」

說完，春希就用自己的臉頰磨蹭沙紀的臉，彷彿要故意秀給隼人看。

沙紀雖然困惑，也只能苦笑著任她擺布，但感覺並不排斥。

不管怎麼看都像是感情融洽的「女生朋友」。

村尾沙紀。

這個女孩從以前就是妹妹的好朋友，感覺乖巧溫順，很受月野瀨的羊和村民們喜愛，以前隼人很少跟她交談。

但隨著隼人他們從月野瀨轉學到都市，他們的話題變多，最近感情急速升溫。

跟隼人如此，跟春希亦然。

眼前這兩個女孩親密無間，就像過去的「隼人」和「春希」一樣。

看到春希和沙紀感情變好，本該是好事一樁，不知為何隼人卻眉頭緊蹙。

隼人很討厭沒辦法打從心底為這件事感到開心的自己。為了不讓她們發現這種思緒，他刻意搔搔頭掩飾，並將臉轉向飯糰和麵包的陳列貨架區，刻意出聲說道：

「哦，我也該把早餐和午餐一起買好才行。」

「！那、那個……！」

「嗯？沙紀……？」

這時，沙紀有些顧慮地拉住他的袖子。

這不像沙紀會做的舉動，所以隼人的第一反應並非驚訝，而是困惑。

沙紀似乎也有同感，但她馬上用眼尾有些下垂卻帶著堅定意志的那雙眼睛瞄了正在物色甜點的姬子的背影一眼，再用低喃般的嗓音向隼人及春希傳達自己的意志。

「那個，可以帶我去醫院探望阿姨嗎？」

在超商採買完畢後，隼人和春希跟姬子與沙紀道別，繼續往高中走去。

偶爾會與出來倒垃圾的人擦肩而過，也能聽見鳥類的振翅聲。

烏鴉停在垃圾集中處附近的電纜上，思考如何突破防止鳥類破壞的垃圾防護網。

除此之外，周遭靜悄悄的，也沒幾個準備去上課的學生，現場只有踩在柏油路面的腳步聲。

剛才那種鬧哄哄的氣氛頓時一變，隼人和春希一句話也沒說，腦海裡想的都是沙紀剛才那番話。

老實說，隼人很意外。

但沙紀是妹妹（姬子）從小到大的朋友，他們會臨時搬來月野瀨也是為了配合媽媽轉院。這麼一想，沙紀自然會擔心吧。

「欸，隼人。」

「嗯？」

「沙紀以前在月野瀨是什麼樣子？」

「什麼樣子……妳之前不是看過嗎？就那樣啊。」

「啊，不是啦，我想問她以前是怎麼跟你和小姬相處的。雖然你們現在會閒聊，但以前沒什麼交流吧？」

「啊～～我想想……」

隼人手上拿著炸雞串，一口咬下最上面那一塊，並回想記憶中那個過去的沙紀。

「她常常跟姬子一起行動，在學校也是，放假時也是。偶爾還會搭她的家人或我媽的車出門，比如去山腳下的商場逛街。」

「是喔。她也常去隼……不對，常去小姬家嗎？」

「嗯～～她放學後好像常來家裡跟姬子一起看雜誌聊天，或是看影片。」

「好像？」

「因為我常常要下田幫忙。」

「這樣啊……沙紀果然是女孩子呢。」

「是啊，她跟姬子玩的都是女孩子的遊戲。」

「啊，嗯……………唉。」

說完，春希神情複雜地露出苦笑，並深深嘆了口氣。

見她忽然擺出有些粗魯的反應，隼人皺著眉問：「……幹嘛啊？」春希也只是回了句：「沒有啊～～」還一副意有所指的表情。

但也僅只一瞬，下一秒春希就用食指抵住下巴「啊！」了一聲，似乎想起了什麼，並像平常那樣露出不懷好意的淘氣笑容。

「說到女孩子，沙紀的胸部滿大的耶。」

「！」

「雖然沒有末萌那麼豐滿，依照我剛才趁亂摸到的觸感，在我們班應該也算前幾名。嗯～～可能比我大兩個罩杯喔。」

「唔咦！啊～～那個，不是，呃，該怎麼說呢……啊，我在幹嘛啊！」

「唔嘻嘻。」

他差點就要在腦海中回顧沙紀的胸部有多大，因此他急忙搖頭，想將這荒唐的想法趕出腦海。

他跟沙紀是「妹妹的朋友」和「好友的哥哥」這種似近似遠的關係——所以他以前不會用那種眼光看待沙紀，不曾動過那種念頭。

可是最近狀況變得不太一樣，而且速度快得驚人。

見面次數和聊天頻率都增加了不少，過去根本無法相比。而且沙紀表現出以往從沒見過的各種面貌，經常讓隼人怦然心動，所以他想避免在沙紀身上投注太多心思。

隼人依舊眉頭緊蹙，臉色凝重地吃下第二塊炸雞塊。

這時，他發現春希的視線停留在炸雞串上。

「……春希？」

「你早餐就吃這個啊？」

「沒有啦，我還買了巧克力丹麥麵包。而且我本來沒打算買炸雞串，但排在我前面的人買了，看起來很好吃，我就忍不住也買了。」

隼人有些不好意思地回答，春希同樣露出害臊的表情。

「是喔……我沒在超商買過熟食區的東西耶。」

「嗯？為什麼？」

「因為在櫃台前面很難慢慢挑選啊，我也很怕跟店員說話。」

「哦，真沒想到。這很好吃，要吃一塊嗎？」

「……………咦？」

說完，隼人就把吃剩的炸雞串遞給春希。春希驚訝地眨眨眼，來回看了隼人和炸雞串。她的表情很是意外。是原本覺得聊到後來隼人不會分給她嗎？

（妳又不像姬子那麼貪吃……）

隼人帶著抗議的意思板起臉，春希就慌慌張張地咬了一口炸雞串。

「嗯，麵衣比想像中酥脆，調味也很到位，最棒的是還熱呼呼的，真好吃。」

「哈哈，沒錯吧？」

春希吃得津津有味，隼人瞥了她一眼，把剩下的吃光。

此時春希似乎算準了時機，往前踏出一步，將手背在後面轉過身，悶悶不樂地說：

「隼人，你沒把我當成女孩子吧？」

「咦？」

「間接接吻。」

「！啊、呃，這是……」

被春希這麼一說，隼人才終於發現這件事。他心臟彷彿漏跳了一拍，忍不住停下腳步。

他看著手上的竹籤，想起以前都跟春希共飲彈珠汽水，麩菓子跟冰棒也會分著一起吃的往事。本想用這些事來反駁，但當時是「小時候的春希」，不是「現在的春希」。

隼人的思緒在腦海中不停空轉，越想越覺得臉頰燥熱。入秋後依舊毒辣四射的陽光將兩人之間難以言喻的曖昧氣氛燒得滾燙。

「開、開玩笑的啦！」

可能是受不了這種氣氛了，跟隼人一樣臉紅到耳根子的春希回過頭來吐出舌尖，似乎想就此打住。

「既然會害羞，一開始就別說這種話啊！」

「哎喲～～我心裡有個聲音，要我趕快把那句經典台詞收回來嘛。」

「……真是的。」

隼人也順著她的說詞跟她互看一眼，她就用以前那種惡作劇穿幫的表情「啊哈哈」地乾笑幾聲。隨後兩人再度往高中走去。

穿過校門後，就聽見操場傳來運動社團晨練的吆喝聲。

這間高中是升學名校，因此不會將太多心力投入社團活動。

即使如此，大家團結一心為熱愛的事情奮鬥的模樣，看起來十分耀眼。

「二階堂同學，早安～～！方便打擾一下嗎～～？」

「！早安，學姊。怎麼了嗎？」

這時有個女學生從後頭衝過來，用活力十足的嗓音向春希打招呼。春希也反射性地變得嚴肅了些，進入在學校偽裝的模範生模式。

回頭一看，原來是經常請春希幫忙的二年級學姊。

她應該有事要找春希。為了不妨礙兩人，隼人悄悄退開一步。

「妳可能會覺得有點早，關於下下個月的文化祭，有些事已經可以開始動工了，所以想請妳幫忙。妳今天中午有空嗎？」

「嗯，可以啊，白泉學姊。可是我——」

「哇，謝謝妳～～！那我在學生會辦公室等妳喔！」

「——啊。」

說完，白泉學姊就拋下還有話要說的春希，跑走了。

真是個急躁的人。被留在原地的兩人看著彼此，露出苦笑。

「我本來想說我要忙社團活動呢。」

「這也沒辦法。我們也去花圃那裡看看吧。」
「也好。」
兩人走向位於校舍後方的園藝社花圃。
此處人煙稀少，日照充足。
綁成公主頭的毛躁捲髮正忙碌地搖來晃去。
看到隼人和春希朝這裡走來後，未萌停下手邊工作，抬起頭來。
「隼人、春希！」
「早安，未萌。妳今天也綁這個髮型呀？」
「是啊。雖然還是有點害羞，還會被班上同學調侃……很奇怪嗎？」
「一點也不怪！比之前好看多了，對吧，隼人？」
「對啊，我之前也說過，這樣比較清爽可愛，也很高雅。」
「啊唔唔～～」
被兩人稱讚後，未萌低下頭，頭頂似乎還冒出了熱氣。她用食指纏起一撮頭髮，露出靦腆的神情。
進入新學期，未萌就把髮型改成隼人的母親真由美經常幫她梳的那種款式。

可能還不習慣，她那有些羞澀的反應十分可愛。忍不住心跳加速的隼人連忙別開視線，卻跟一臉愉悅的春希對上眼。為了掩飾思緒，隼人搔搔頭轉移話題。

「哦，妳在幫之前栽種的馬鈴薯摘芽嗎？我來幫忙吧，未萌。」

「啊，我也要！」

「謝謝你們！」

有幾株纏在一塊的幼芽從花圃的土壤中等間隔探出頭來。

從中留下一兩株較為健壯的幼芽，其餘統統拔除。小訣竅是一手壓住根部的地面，直接連根拔除。

學會這個方法後，三人開始分工摘芽。春希像是忽然想起什麼似的喊了一聲。

「啊，對了！妳爺爺是不是快出院了？太好了呢，未萌！」

「是呀！」

三人就在閒聊中結束了分工摘芽的工作。

隼人呼了口氣，用手背擦去額頭的汗水，卻看見春希面色有些凝重。

「怎麼了？」

「沒有啦，只是覺得拔掉的幼芽有點可惜，好可憐喔。」

「啊哈哈，這倒是。雖然知道這是為了讓養分集中的必要之舉……」

「那要不要種在其他地方？雖然沒辦法跟母株相比，還是能種出不錯的成果。」

「「咦？」」

春希和未萌不約而同發出驚呼。

隨後立刻拿起移植鏟走向花圃的空地。

隼人則帶著苦笑去拿栽種時所需的肥料。

用移植鏟挖洞，撒上肥料重新覆土後，再把挑選過的幼芽種進去。因為數量不多，只要三人分頭進行，不一會就大功告成了。

「這樣就行了。好，完成。」

「這樣真的會長大嗎？」

「嗯～～今天放學後應該還是會變得乾巴巴的，但它們比想像中容易扎根，畢竟生命力很頑強嘛。不過跟直接用塊莖種植的相比，尺寸會偏小。」

「這樣啊，你很了解耶，隼人。」

「其實我以前也覺得可惜，所以有試過。」

「哦……隼人，你以後果然會走農業相關的路嗎？」

未萌忽然拋出這個問題。

隼人的臉頰頓時抽了一下。

他想起之前被春希問到「畢業後會不會回月野瀨」這件事。

「呃，我沒想過耶，家裡也不是務農的，只是接觸這方面的機會比較多……」

「這樣啊？啊，肥料跟其他東西我來整理就好。」

未萌朝隼人和春希的書包瞥了一眼，便開始收拾工具。

剛剛那句話應該只是為了延續閒聊的氣氛，隨口一說而已。只見未萌馬上離開花圃，表示話題到此為止。

「那我們也走吧。」

「好。」

於是兩人提起書包，一同從校舍後方走向正門。

沿途看見許多穿著運動服的學生結束晨練後陸續走進校舍和社團活動大樓。

從操場過來的是棒球、足球、田徑和網球隊。

從體育館過來的是籃球、桌球和羽球隊。

大家在各式各樣的社團活動中揮灑青春。

隼人在這些人當中忽然見到一輝的身影，他跟同屬足球隊的隊員們說說笑笑地走向社團教室。

他的表情帶著爽快，綻放喜悅的光芒。這代表他就是這麼喜歡足球這項運動吧。

——一輝將來的目標是足球選手嗎？

這個疑問頓時浮上心頭，但隼人又立刻搖頭否定。

這間高中主打升學，又不是運動強校。

聽說足球隊能在全國大賽的地區預賽中撐到第二場就該偷笑了。

就算一輝球技過人，頂多也只比普通高中生好一點，稱不上職業水準。他自己應該也明白這一點。

沒錯，就跟隼人的農業知識一樣。

他以後一定會跟其他大部分的學生一樣選擇升學，找間公司上班吧。

未來的事他根本還沒細想過，甚至無法想像往後的自己會變成什麼模樣。

他知道人都會改變，所以更是難以想像。

隼人將視線移向走在旁邊的春希。

在過去與他並肩的位置看到了春希頭頂的髮旋，以及由此延伸而下的烏黑柔順的長髮。修長的手腳從身上那套女生制服中露出，嫩滑的肌膚也充滿光澤。

改變的不只是外表。

他想起春希在月野瀨唱歌的那一幕。

眾人鴉雀無聲地掉進春希營造出的世界裡，為此深深著迷。

隼人在ＫＴＶ就見識過春希精湛的歌藝和編舞實力。

但那已經不是單純用來娛樂自家人的程度。

應該算是春希的「專長」。

甚至有辦法在職業的世界闖盪。

——田倉真央。

足以代表現代的知名女演員之一。

春希是她的私生女。

隼人其實心裡明白。

春希將來究竟會走上哪一條路呢？

思及此，他忽然渾身一顫，彷彿有人將冰柱刺進他的背脊。

他停下腳步。

春希明明就在身旁，隼人卻覺得她好遙遠。他的手顫了一下，好像想確認什麼——

「隼人，怎麼了？」

走在前面幾步的春希一臉呆愣地轉過頭來。

隼人頓時一驚，但為了掩飾自己的行為，便將差點伸出去的手移到頭上抓了抓。

「！啊啊，呃，那個，我剛剛看到一輝了。」

「……海童？」

春希的聲音明顯變得有些不開心，還噘起嘴脣。

隼人嚇了一跳，連忙開口：

「該怎麼說，我只是在想，如果我跟妳是運動社團，就沒辦法一起練習了。」

「嗯？……啊～～真的耶。」

「對吧？」

他們看向操場，只見晨練完畢的運動社團學生們分成男女兩組行動。

升上高中後，男女在體格上就會出現明顯的差別，自然會分開練習。

春希神情凝重地比對自己和隼人的身形，似笑非笑地說了句「是啊」。

許多學生接連走進校舍入口。

隼人和春希也隨著這股人流，換上室內鞋後，走在通往教室的走廊上。

這時，有個身材高挑，似曾相識的女孩出現在他們眼前。她是經常跟伊佐美惠麻玩在一塊，隸屬於籃球隊的同班同學。應該是晨練結束回來了，只見她穿著運動服，抱著一個看似很重的紙箱。

「嗯？她是……」

「我記得是班上那個籃球隊的……」

「我過去一下。」

「啊，隼人！」

隼人立刻跑到她身邊一把搶過紙箱。紙箱看起來不大，手上卻感受到沉甸甸的重量。

「我來搬吧。哇，滿重的耶，裡面裝了什麼？」

「霧、霧島同學！呃，裝了很多東西，像是過去的比賽資料……」

「原來如此，紙本啊。那要搬去哪裡？」

「啊，那個，資料室，就在影印室旁邊……」

「啊啊，那裡啊，在校舍北邊嗎……嘿咻！」

離這裡有一大段距離。隼人重新拿好紙箱，鼓起幹勁往目的地走去。

不久後，他就聽見身後傳來兩道腳步聲。

「不、不好意思，霧島同學！這是我們社團的事，而且很重吧！」

「沒事沒事，而且這又不像洋蔥或馬鈴薯那麼重。」

「可、可是……」

「嗯～這是我的習慣啦。喏，在鄉下碰到這種狀況卻裝作沒看見的話，馬上就會傳遍大街小巷，被人閒言閒語耶。」

「呵呵，隼人這種時候會變得很固執，勸妳還是放棄吧。」

「二、二階堂同學，是、是這樣嗎……」

她露出有些不好意思的表情。春希出言安撫，但看向隼人的表情也有一點傻眼。

不過這是長年累積的個性使然，也沒辦法。

三人並肩走了一會，隼人忽然覺得不太對勁。

他疑惑地緊盯春希和那個女同學，似乎在確認什麼。

被隼人盯著看的女同學有些害羞地忸怩起來。

「怎、怎麼了……？」

「啊，妳是不是剪瀏海了？」

「！你居然看得出來！」

「感覺變得比昨天清爽陽光啊，很適合妳喔。」

「謝、謝謝……」

「哦～隼人，你『又在』調戲別人了？」

「哪、哪有！因為姬子──我妹在這方面很挑剔，如果沒發現這些細節，她就會不開心。而且……」

「原來如此，是被妹妹調教過的成果啊。」

「喂，別說得這麼難聽！」

「哼～～」

「……噗、啊哈哈哈哈哈！」

看到他們拌嘴的模樣，女同學似乎覺得很有趣，忍不住笑了起來。這次換隼人尷尬地扭動身子。

女同學來回看了看隼人和春希的臉，語帶調侃地說：

「霧島同學，你真的很會注意細節，若無其事地提供幫助耶。」

「咦，有嗎？還好吧？」

「因為沒幾個人能做到這一點啊。霧島同學，其實女生們對你評價很高喲～～你現在就幫了我，之前還用自己帶的針線包幫小麥的針織外套縫好釦子吧。當時大家討論得很熱烈呢，你居然會隨身攜帶那種東西。」

「咦，妳們書包裡不會放針線包嗎？發現衣襬綻線或襪子破洞就可以馬上縫好，很方便耶。」

「哎……只有老媽子隼人才會做這種事啦。連女孩子都很少帶針線包了，更何況是男孩子，聽都沒聽過。」

「啊哈哈，霧島同學真的有點像老媽子喔！啊，你該不會隨身攜帶糖果吧？」

「有啊，剛剛在超商買的，要吃嗎？」

「啊哈、啊哈哈哈哈哈哈，真的是老媽子耶！……喔，到了。」

聊著聊著，三人抵達了資料室。

女同學立刻幫手上抱著紙箱的隼人打開門，迅速鑽進室內。她毫不猶豫地走進雜亂堆置了幾個書架的房間，指著一處空位對隼人招招手，隼人便將紙箱放在那裡。

「喔，這樣可以嗎？」

「嗯，可以。謝謝你的幫忙。」

「不客氣。」

隼人微微一笑，表示大功告成般拍了拍手後，馬上走出資料室。

來到走廊上，女同學看著隼人和春希的臉，「嗯～～」了一聲，露出有些為難的神情，但還是努力用若無其事的口氣說：

「霧島同學，你如果不跟二階堂同學走太近，可能會很搶手喔～～」

「啊？」「咦？」

兩人不約而同發出傻氣的聲音。

女同學眯起眼看著他們，隨後轉過身。

「那我就去社團教室報告嘍！」

說完，她快步離開現場。

被留在原地的兩人愣了一會，回過神的春希一臉狐疑地打量隼人。

「隼人，很搶手……？」

「……怎樣啦。」

「沒有啊～～」

在這股難以言喻的氣氛中，隼人害羞地搔了搔頭。

來到教室後，就看見幾個女孩子聚在一起聊得相當熱烈，不知在聊些什麼。

「我真的好喜歡秋裝，能駕馭的款式變多了！」

「外套、長靴這種有別於夏裝的單品也增加了，讓人很想精心挑選呢！」

「我今年夏天有瘦下來，也想開發新的穿搭風格～～」

「不覺得ＭＯＭＯ的身材很讚嗎？」

「唉，愛梨不管穿什麼都很適合，太犯規了吧……」

「妳們看這篇訪談，ＭＯＭＯ說她在網路上買了皮帶，結果卻收到螃蟹，真的是笑死我了！」

「她還說愛梨都拿來做奶油螃蟹可樂餅，也是越想越好笑。」

她們似乎圍在一起看雜誌，聊著秋裝的話題。

聽到「愛梨」這個名字，隼人眉毛抽動了一下。他想到姬子之前也提過秋裝，並將書包放在自己的書桌上。

幾乎在同一時間，原本還在跟女孩們熱絡聊天的伊佐美惠麻來到春希身邊。

「欸，二階堂同學秋天會怎麼穿呀？」

「咦？」

「二階堂同學身材這麼好，不管怎麼穿都很好看吧。」

「咦？呃，那個……」

話題忽然轉到自己身上，讓春希有些困惑。

她還是不太會應付這種話題，只見她視線游移不定，還向隼人拋出求救的目光。但隼人也幫不上忙，只能微微聳肩回應。

「啊，二階堂同學！欸欸，這幾種讓妳選的話，妳要選哪一個？」

「我反而想問二階堂同學覺得哪件適合我呢。」

「哇，我也想知道～～！」

繼伊佐美惠麻之後，其他女孩子也過來圍住春希，不讓她逃跑。

她們逮到春希後，把她當成吉祥物逗弄，不時還能聽見春希發出「咪呀！」的叫聲。

隼人在心中合掌為她祈禱，嘴角勾起苦笑。這時伊織舉起手朝他走來，一輝也在，可能是晨練的關係，他的肌膚還紅通通的。

「嗨，你今天有點晚耶。」

「對啊，不小心睡過頭了。」

「為了回禮給那個巫女，煩惱到很晚才睡嗎？」

「才不是，但我的確還沒想到要送什麼……怎麼辦啊？」

「繼續拖下去會錯過時機喔。」

「唔唔！」

隼人頓時語塞，一輝和伊織就語帶調侃地哈哈大笑起來。

最近他跟伊織還有一輝提到在月野瀨感冒臥床時被沙紀照顧，並問該怎麼回禮給沙紀，卻一直想不出好點子。而且他還收了沙紀送的生日禮物，感覺難度又提高了不少，讓他很是苦惱。

預備鈴正好在這個時候響起。

話題就此中斷，其他人也各自回到自己的班級或座位上。

隼人也坐回自己的位子。看到旁邊的春希成功逃回座位鬆了口氣的模樣，他發出五味雜陳的嘆息。

時間來到午休。

鐘聲一響，教室裡立刻充斥著喧鬧聲，原本的課堂景象也轉變為午間休息的氣氛。

隼人一邊收拾課本一邊思考今天午餐要吃什麼。發現一旁的春希起身後，隼人忽然想到她要去幫忙處理學生會的事，於是急忙離開座位追了上去。

「妳要去處理今天早上學姊拜託的事情嗎？我也去幫忙吧，速戰速決。」

「隼人……好，麻煩你了！」

可能是因為在教室裡得顧及他人目光，春希用模範生模式如此回答，讓隼人不禁苦笑。

這時走廊上忽然傳來一道宏亮的喊叫聲。

「二階堂在嗎！」

教室外面有個將頭髮染成金色，制服隨便亂穿，態度目中無人的傲慢學生。從室內鞋顏色能看出他是二年級，但隼人當然對這個人的長相沒有半點印象。

春希似乎也是。隼人用視線詢問：「妳認識嗎？」她也只是搖搖頭。

實在不太想跟這種人扯上關係。

但都已經被點名了，也不能視若無睹。

春希重新戴上模範生的面具（偽裝），走到那個人面前。

「找我有事嗎？」

「啊～～……呃，別廢話，跟我來。」

「呀！」

他強硬地拉住春希的手。

春希被他一把扯住，頓時腳步踉蹌差點跌倒。

事發突然，周遭都嚇得啞口無言。

氣氛變得有些緊張，春希想甩開手卻無能為力，只能乖乖被拉著走。隼人見狀，腦袋瞬間沸騰。

「！春希！」

回過神時，隼人已經反射性地衝上前去，像是要將那人撞開般硬是把春希拉走，將她護在身後。

「你要幹嘛！」

「這是我的台詞吧！」

拋出這句話後，那個人瞪著前來攪局的隼人，用力抓住隼人的胸口。

那個人力氣很大，而且魄力十足，隼人差點就被他的氣勢震懾住了。

但想到剛才險被帶走的春希還在身後，隼人就不能退縮。

他往丹田發力，狠狠瞪了回去。

「一年級的，滾開！我有話要跟二階堂說！」

「那就在這裡說啊！」

「嘖……少囉嗦，你是二階堂的什麼人啊！」

「春希是我最重要的『朋友』！」

「！」

他拚盡全力大喊。

絲毫不肯退讓。

這時，他聽見身後傳來吸氣聲——

「那個，我能說幾句嗎？」

一道嚴肅的嗓音撕裂了隼人和他之間的緊張氣氛。

這個聲音分量十足，簡單一句話，四周就被寂靜籠罩。

那個人不禁鬆開手。每個人都將視線集中在春希身上。

包括隼人、那個人，當然還有走廊和教室裡的所有同學。

在眾人屏氣凝神的注視下，春希露出楚楚可憐的高雅笑容，將身體往前挪動一步，用悅耳的嗓音說：

「謝謝你喜歡我，但是對不起，我對學長這種人有點生理性排斥。」

「！」「什、咦……啊……！」

一秒就把他甩掉了。

用帶著和藹可親的笑容卻字字逼人的說法。

雖然不知道那個人到底為什麼來找春希。

但此話一出，就營造出他跟春希告白卻被狠狠甩掉的情境。

——全憑春希的演技（算計）。

那個人嚇得語無倫次，後退幾步，春希又用有些傲慢的語氣乘勝追擊。

「你的髮色太低俗，叮叮噹噹的耳環也很難看。我猜你是為了好看才把制服亂穿吧，但在我看來只有『邋遢』一詞可以形容。而且現在也不流行把褲子穿成垮褲——抱歉，感覺就像短腿……不、不好意思。」

「什、可惡……！」

「他可能以為女人喜歡這種霸王硬上弓的方式吧。」「就是有這種暑假玩得太嗨，誤以為自己很帥的人。」「嗚哇，他的腿確實很短，但二階堂同學也太狠……噗。」「而且光看長相也不配啊，他到底在想什麼？」周遭這些混雜了輕蔑、憐憫與厭惡的低語聲和視線全都刺在那個人身上，他的臉也因為羞恥而越來越紅，完全被春希玩弄於股掌之間。

「～～～～～誰、誰喜歡這種女人——」

他本想抓著春希出氣，但這次隼人已經猜到他的動作並做好準備，立刻將春希的手拉過來，害那個人的手白白揮空。

「走吧，春希。趕快把事情解決，免得來不及吃午飯。」

「！好、好啊，隼人！」

「——等、等一下！」

已經沒必要搭理他了，於是兩人直接往學生會辦公室走去，看也不看一眼。

聽到後方爆出嘲笑那個人的嬉笑聲，春希低聲說了：「配合得真好啊，隼人！」隼人也回了句：「那還用說，搭檔！」

他們快步離開現場。

等到周遭沒什麼人的時候，春希忽然若無其事地呢喃：

「嗯～～隼人，你有時候真的很強硬耶。」

「會嗎？啊，但剛才那是……」

「可是感覺非常自然，今天早上也是。因為你總會默默在各方面伸出援手——說不定有些女孩子會因為這樣愛上你喔。」

「……春希？」

隼人不禁停下腳步。

他轉頭看向春希，不懂她話中的含意。

「幹嘛忽然說這些？」

「誰知道呢？」

說完，春希那略顯為難的臉上露出曖昧含糊的笑容。

第3話 直抒胸臆

宣告下課的鐘聲響起。

與此同時，除了教室以外，整間學校都充滿了喧鬧聲，讚頌從無聊課堂解放了。

隼人將筆記和教科書收進書包準備離開學校時，發現手機收到一則訊息。

『關於探病的集合地點，我這邊應該會先結束，所以我過去找你們，順便去那間高中參觀一下。』

是沙紀傳來的，關於她今天早上提出的要求。

這時，一旁有人輕輕拉著隼人的袖子。

「春希？」

「你收到沙紀的訊息了嗎？」

「對啊。」

和一手拿著手機的春希對上眼後，隼人苦笑著微微點頭回應，看來春希也收到了沙紀的訊息。之所以沒傳到群組，是顧慮姬子的心情吧。

兩人不約而同一起走向校舍入口。

接近入口時，就聽見一陣騷動。

「哇，那個女生超可愛耶！」

「皮膚好白！那是附近國中的制服嗎？」

「是不是在等人啊？該不會是男朋友？」

「喂，你去跟她搭話啦。」

「不不不，難度太高了吧……而且我比較喜歡大姊姊！」

他們的視線都集中在校門口。

集眾多目光於一身的沙紀滿臉驚恐地站在那兒。應該是沒料到會被這麼多人行注目禮，覺得有點丟臉吧。

見狀，隼人和春希不禁看著彼此苦笑起來。

「隼人，等等在站前會合吧。」

「嗯，知道了。」

隨後春希就揮揮手跑向沙紀。

「喂～～沙紀～～」

「啊，春希姊姊！」

一看到春希，沙紀就容光煥發地跑了過來，緊緊牽起她的手。容貌秀麗的兩名少女面帶微笑興奮交談的模樣，讓人看了會心一笑，嘴角也忍不住上揚。

如果隼人在眾人環視下闖進兩人之間，就會引發如地獄般慘烈的大騷動，這點不難想像。想著想著，隼人心裡雖然有些鬱悶，卻也無可奈何。

這時，春希忽然轉過頭來用力揮手，臉上似乎帶著平常那種惡作劇的笑容。

結果校舍入口的群眾忽然「「「「喔喔！」」」」地躁動起來。

隼人和沙紀也四目相交。

沙紀神色靦腆地輕輕揮手，讓群眾的情緒變得更加亢奮後，便和春希一起離開了。

「跟二階堂同學站在一起簡直像一幅畫！」「是學妹嗎？根本沒辦法加入她們啊！」

「哪個男人敢介入百合之間，罪不容誅！」聽到大家七嘴八舌的言論，被留在後頭的隼人嘴角抽了幾下。

這時，有人拍了他的肩膀。

隼人回過頭，發現一輝舉起一隻手跟他打招呼。

看他穿著運動服，應該正要去練球吧。

「她好可愛啊，隼人。難道她就是那個巫女嗎？」

「是啊，今天我們有點事，所以約好要碰面。」

「哦，還特地來迎接你啊。」

「不是啦，她想考這間高中，只是順便來看看而已……結果就變成這樣了。」

隼人無奈地聳聳肩，將視線掃過周遭那群躁動的人。一輝臉上的笑意加深了幾分，並開口說道：

「嗯～～只有這樣嗎？」

「一輝？」

「搞不好是『想趕快見隼人一面』啊。」

「…………啊？」

隼人不禁發出呆愣的聲音。

他壓根兒沒想過沙紀會特地來找自己。再說，他們以前毫無交集，最近才經常聊天。

隼人一臉莫名其妙的樣子，思緒亂成一團，一輝卻忽然哈哈大笑，似乎被他逗樂了。

「一輝！」

終於發現自己被耍後，隼人頓時面紅耳赤，氣得向一輝伸出手，卻被他俐落地閃過了。

「哎喲，我要去練球了。隼人，拜拜！」

「啊，喂！……真是的。」

他將伸在半空中的手收回，往熱呼呼的腦袋搔了幾下。

春希跟沙紀在站前的小商店街入口處等待隼人。

看見兩人的身影後，隼人舉起一隻手打招呼，跟她們會合。

「喔，久等了。沙紀，真是一場大災難。」

「啊哈哈，之前小姬來的時候也鬧得很大耶～」

「國中生來這邊果然很顯眼嗎……」

「嗯～這麼說來，以前我也沒看過其他學校的人耶。」

「反過來想，要是我們去沙紀的國中等妳，應該也會造成騷動吧？」

「啊，真的耶，而且都市的人比較多，起鬨的人也會很可觀吧。站前這一區也是人山人海……」

說完，沙紀看向站前的商店街。

以車站大樓為中心，外圍有幾棟低矮的建築。小小的餐廳、咖啡廳、居酒屋、超商、麵包店、書店、房仲、乾洗店和會計事務所等各式各樣的連鎖店和私人店家櫛比鱗次。以某種程度來說，這裡算是集結了簡單的民生需求。最好的證明就是，從車站大樓陸續湧出的人潮回家前都會來逛一圈，氣氛相當熱鬧。

看著眼前的景象，沙紀驚訝地眨眨眼，感慨萬千地說：

「嗚哇，我第一次來站前這一區，沒想到這麼多人……」

「是啊，就算是平日，這個時間點依舊特別熱鬧，沒事我也很少來這裡……因為，呃，感覺我會在人群裡昏倒。」

「啊哈哈，我懂這種感覺。春希姊姊呢？」

「嗯？我之前很常來啊，因為那間牛丼連鎖店經常跟動畫聯名嘛！」

「春希……」「啊、啊哈哈……」

春希這個有點少根筋的理由，引來兩人的笑聲。

但隼人疑惑地歪過頭。

「妳說『之前』？所以這陣子沒來嗎？」

「因為現在都去隼人家吃飯啊。」

「啊～～……下次有聯名活動的時候跟我說一聲，我來幫妳湊。」

「呵呵，屆時再麻煩你啦。」

這時，遠方傳來「噹噹噹」的平交道警鈴聲。看到柵欄放下來時，沙紀驚慌地「啊！」了一聲。

「春希姊姊，哥哥！電車、電車要來了！」

「是啊……呃，沙紀？」

沙紀指著平交道又抓住春希的衣襬這麼說，催促兩人趕快出發。

春希不懂沙紀為何如此緊張，疑惑地歪著頭。

但看出沙紀的憂心後，隼人盡量用溫柔的嗓音安撫道：

「沙紀，沒事啦。都市的這個時段，一小時會有十幾班電車。」

「……什麼！」

這次沙紀嚇得大喊一聲僵在原地。

一行人隨著開往郊外的電車搖晃了兩站。

通過驗票閘口後，馬上就能看到一棟大型白牆建築，規模比學校還大，在都市也堪稱難得一見。散發著獨特威嚴的模樣，不知該說是固若金湯的要塞，還是戒備森嚴的牢獄。

隼人心中五味雜陳。

每次看到醫院，他還是會皺起臉。春希也同樣皺緊眉頭。

沙紀用有些佩服的語氣呢喃：

「這裡一站的距離好短喔……」

聽到這句跟現場有些不搭的感嘆，隼人驚訝地眨眨眼，不禁噗哧一笑。

沙紀也發現自己好像說錯話了，同樣眨眨眼睛，滿臉通紅地別開視線。

「啊哈哈，的確是呢。這裡不光是電車班次多，車站好像也很多。」

「雖然我們也在這附近打工，但幾乎都是走路過來的～～妳看，就是那間。」

「哇啊！」

說完，春希指著離車站有段距離的一間純和風大型店面。四周隨風飄揚的廣告旗幟上印著搶先推出的秋日和菓子，現在也有兩位女客人深受吸引地走進店裡，還有一位高齡男性拿著印有「白糕點鋪」的紙袋走了出來。在這裡打工之後，他們才發現很多人會購買和菓子去醫院探病，難怪店裡生意這麼好。

沙紀雙眼閃閃發亮地看著白糕點鋪，看來她跟姬子一樣喜歡這種點心。

話雖如此，今天的目的是去醫院探病。

隼人苦笑著邁開腳步，催促她們往醫院走去。

旁邊的大馬路上，能看見公車、計程車和各式各樣的自家用車接連開到醫院。一定有很多人是跟隼人他們一樣來探病的吧。

接近劃分內外交界的醫院入口時，三人之間話變少了，可能是心情也跟著緊張起來了，氣氛變得有些沉重。

這時，沙紀有些猶豫地開口問：

「小姬她還是，呃……」

「……啊啊，嗯，妳猜得沒錯。對了，姬子今天去哪了……？」

隼人對此也有點好奇。

隼人心想「她到底是用什麼藉口跑來這裡的呢」，沙紀就露出有些複雜的神情，難以啟齒地說：

「呃，小姬她……沒把暑假作業交齊，所以被留下來了……」

「那個笨蛋……」

「小姬……」

三人看著彼此苦笑起來，原本緊張的情緒似乎放鬆了些，氣氛也和緩不少。

一行人來到醫院入口，入口處和周邊設置了一整面玻璃牆，可能是為了多透點日照進來吧。玻璃牆上映照出他們模糊的身影，也能隱約看見內部擺設。

入口有兩處自動門，他們往其中一邊走去，因為門正好打開，他們便和從醫院出來的人撞個正著——春希發出「啊！」的微弱驚呼聲並倒抽一口氣，對方看到春希後也瞪大雙眼愣在原地。

隼人反射性地走到兩人中間，像是將春希護在身後似的，還往「那個男人」瞪了一眼。

男人應該超過三十歲了，身材高挑，五官清秀端正，只看一眼就會對他留下深刻印象。其實隼人見過這個男人，某次他在醫院大廳忽然抓住春希的手。隼人微微皺起眉頭。

當時他似乎把春希誤認成別人，馬上就退開了。在那之後，雙方應該沒有任何交流和聯繫。

但春希依舊將戒心拉到最高，縮起身子瞪著男人，彷彿想保護自己。她的反應是不是有點過度了？

感受到春希的視線後，那人露出苦笑，輕輕舉起雙手表示投降。

「糟糕，妳好像很討厭我呢。」

「……」

「不必對我這麼警戒。我爸住院了。他年紀也大了，身子實在算不上硬朗。」

他道出自己來醫院的原因，聽起來非常合理。隼人可以理解，這次應該也是單純偶遇。

但不知為何，總覺得不太對勁。

雖然沒辦法形容，從那個男人看著春希的眼神中能感受到混了親愛、怨恨與期待等複雜的思緒。

簡直莫名其妙，處處都是矛盾。

他那種爽朗的語氣與其說在裝熟，感覺更像在對十分親近的人說話，所以才更奇怪。

沙紀不知所措地看著春希和男人的臉，似乎搞不清楚狀況。

唯獨能感覺到男人對春希充滿執著。

這個疑問化作言語，從隼人口中衝了出來。

「你是哪位？」

「哦，這個嘛……」

被隼人這麼一問，他搬出戲劇化的口吻和動作，將手放在下巴擺出沉思的樣子。

他瞥了春希一眼並露出苦笑，開始斟酌用詞。

「應該是星探兼製作人吧。」

「星探……？製作人……？」

「模特兒跟演員方面的啦。你們知道佐藤愛梨或ＭＯＭＯ嗎？最近我在跟她們合作。」

「「「！」」」

佐藤愛梨。

現今當紅的人氣模特兒，也是一輝的前女友。

聽到他說出這個意料之外的名字，隼人內心一驚，也恍然大悟。

演藝圈。

田倉真央。

把這些因素和春希聯想在一起，隼人瞪著他的表情變得更難看了。

男人卻沒將隼人的視線當一回事，只是聳聳肩。

「放心吧，我已經被二階堂小姐拒絕過了，自然不會出手。現在我應該會找那個女孩子攀談吧？」

「唔咦！」「「什麼！」」

「嗯……長得嬌俏可愛，身高介於平均值和偏矮之間，可以主打可愛百分百的路線——

與其當模特兒，當偶像可能更適合喔。」
「那、那個……」
「沙紀！」「等等，你做什麼！」
遭受到這種評定商品的視線和品評的口氣，換作其他人也會尷尬地扭動身子吧。
隼人和春希跳到沙紀前面保護她，對男人展現露骨的敵意。
男人舉起一隻手表示投降，並開口致歉。
「不好意思，這應該算職業病了。讓各位不舒服的話，我在此道歉。我還是先告辭吧，免得你們對我印象越來越差，再見。」
說完，他就快步離去，彷彿對三人失去興趣似的，過程甚至不到幾秒鐘。
男人的背影完全消失後，隼人同時也長嘆一口氣。
春希和沙紀同樣鬆了口氣，情緒也和緩了些。
「我們走吧。」
「好。」
彷彿想重整心情，隼人刻意喊出聲音往醫院入口走去。沙紀也出聲應和。
只有春希駐足不前，像是被釘在原地。她神情凝重地低喃：

「我有跟那個人說過名字嗎……」

「春希……？」

「嗯，沒什麼！我們趕快去找阿姨吧！」

「喔，好……」「哇哇！」

隨後春希態度一轉，變回以往的模樣，往隼人和沙紀的背用力一推。

在櫃檯登記完畢後，三人穿過院內前往六樓。此處依舊充斥著近乎不真實的冷白色，以及充滿偽善的清潔感。

最後一次來探病是什麼時候？印象中是回月野瀨之前的事吧。今天可能是探望媽媽最好的時機。

隼人站在寫著６１７的房門前。

想敲門，手臂卻繃得好緊。這時他才發現自己相當緊張，不禁露出苦笑。

「哥哥？」

「呃，沒事。媽，我要進去嘍。」

隼人敲敲門，沒等媽媽回答就打開了門。

看到他們進房，母親真由美就停下手邊的編織工作，張大雙眼笑逐顏開。

「啊，隼人，還有……哎呀哎呀哎呀！不只帶了春希，連沙紀都來了！」

「阿姨，好久不見！」

「我有聽老公提起，但沒想到妳真的來了！臨時搬家很辛苦吧？還可以嗎？妳是不是瘦了？啊，好像也長高了？」

「啊哈哈，我還是老樣子啦。」

「總之，很高興見到妳！」

「我也是！」

「對對對，沙紀，妳聽我說！最近醫院裡傳出風聲，那位櫻島清辰居然住進這裡耶！」

「咦？那位資深演員嗎！」

「櫻島清辰……？」

沙紀的眼睛頓時一亮，隼人卻疑惑地歪著頭，反應截然不同。看到隼人的反應，春希不禁苦笑。

「啊，你不知道嗎，隼人……但也不能怪你啦。在我還小的時候，他就已經被譽為『深藏不露』的演員紅透半邊天了，最近也很少在電視上看到他。」

「因為奶奶以前就是他的鐵粉，我們經常在家裡看他的電影！」

「他不只演技精湛，戲路也很廣呢！」

「沒錯沒錯！每部作品詮釋的角色都不一樣，有時候會被他逗得捧腹大笑，有時候會看到淚流滿面，心都揪在一塊了，情緒都會隨著他起伏呢！」

「雖然有點久了，但我還是最喜歡他演詐欺犯那一部——」

「我喜歡以海濱小鎮為背景的那個乖僻角色——」

沙紀和真由美熱烈地談論那位演員，完全把隼人和春希擱在一邊。由此可見她與朋友（姬子）的母親關係既和睦又熟稔。

隼人露出苦笑。一旁的春希似乎覺得不該打擾兩位談話，便偷偷對隼人耳語：

「欸，沙紀跟阿姨一直都是這樣嗎？」

「對啊，平時姬子也會加入。」

「……這樣啊。」

聽隼人這麼說，春希眉頭微蹙，神情變得有些複雜。

隼人一時間沒看懂其中的含意，但考量到春希過往的遭遇，像這樣和樂融融地跟大人相處的機會或許很難得吧。就算真是如此，隼人也幫不上什麼忙。

兩人有些尷尬地面面相覷。

「對了，沙紀，妳現在自己一個人住吧……是不是很辛苦？有碰到困難嗎？有沒有好好吃飯？」

「雖然還有很多不懂的地方，多虧大家的幫忙，還算過得去。而且我每天都會一起去吃哥哥做的晚餐。」

「哎呀，真的嗎，隼人？」

「她們兩個都會幫忙，真的讓我輕鬆很多。春希的手藝也越來越好了，可以做幾道簡單的料理。」

「哎呀哎呀哎呀，春希，是這樣嗎？」

「呃、那個，是啊……」

雖然晚餐要做的分量增加了，但她們會幫忙顧火、切菜，還能做點簡單的配菜，所以跟以前相比輕鬆不少，這也是事實。

「等、等我適應都市的生活，廚藝變好之後，也要做幾道菜！」

「啊哈哈，那我就拭目以待嘍。」

「嗯！」

「兩位都很了不起呢。相較之下，我家姬子……真希望她跟妳們多學學。大家在準備晚餐的時候，我看那孩子也只會躺在沙發上看電視滑手機吧？」

「「「……噗！」」」

真由美精準地說出女兒（姬子）平常的模樣，隼人他們便同時發出無奈的笑聲。

看了隼人他們的反應，真由美語帶調侃地說：

「不過隼人，你居然在享齊人之福啊，真不錯。」

「啥！」

「「！」」

突如其來的一句話，把隼人嚇得啞口無言。

沙紀似乎也嚇了一跳，一雙眼瞪得老大。

春希卻露出淘氣的笑容，故意表現出嬌媚的樣子，用甜美的嗓音和表情將身子湊向隼人，彷彿要獻殷勤。

「隼人，做飯時有我們這麼可愛的女孩子作陪，你開不開心呀～～？」

「……嗚噁。」

「你也喊得太誇張了吧！」

「呃，抱歉，背脊竄過一陣惡寒……嗯，雖然都是鮮花，但有的有毒、有的帶刺，有的還會捕食獵物。」

「太過分了吧！」

隼人肩膀顫抖，還擺出苦瓜臉。

春希則鼓起臉頰抗議。

看著兩人的互動，真由美發出「哎呀呀」這種有些傷腦筋，又頗感欣慰的聲音。

「你們感情還是這麼好啊。對了對了，說到感情好，沙紀跟隼人也變得很親近呢！」

「唔咦！呃，那個，發生了很多事……」

「我一直很擔心呢～～還以為隼人是不是被沙紀討厭了。」

「喂，媽！」

「因為沙紀之前好像都避著隼人嘛……而且姬子常常罵他不夠細心。」

「嗯嗯，隼人的確不太會斟酌用詞，有話都會直接說呢～～」

「啊、啊哈哈……」

「……唔唔，真不好意思喔。」

春希深有所感，語帶同意地附和真由美的擔憂，沙紀也不禁乾笑。隼人帶著有些賭氣的表情，將臉別向一旁。

窗外的天空開始染上淡淡的昏黃色。

看看時間，已經五點多了。

「哦，我們該走了，時間差不多了，還得去買東西。」

「哎呀，要回去啦？」

「那我們先告辭嘍。」

「我、我會再來探望您喔，阿姨！」

隼人拿起書包轉過身，春希和沙紀也跟在後頭。

當門打開時，沙紀像是忽然想起什麼似的「啊！」了一聲，隨後立刻轉身跑回真由美身邊，抓住她的手說：

「阿姨，您要趕快出院回來喔！」

「咦？啊……嗯……？」

「小姬他們臨時搬家後，我真的好寂寞。以前明明理所當然地在我身邊，卻忽然去了遙不可及的地方。我覺得心裡缺了一塊……又無可奈何……」

「沙紀……」

「大家一定都希望阿姨早點回家！小姬也是，哥哥也是……對吧？」

「──！」

隼人一時給不出答案。

沙紀回過頭，露出溫婉的笑靨。

那個笑容實在太美，隼人從來沒有見過。

心臟如擂鼓般急速跳動。

──希望媽媽趕快出院。

大家當然都抱著這股期盼。

但是到目前為止，有人將這個簡單又質樸的願望說出口嗎？

住院當然會擔心，而且還是第二次。爸爸的言行舉止更是透露著不安。

隼人的心動搖不已。

媽媽似乎也一樣，一雙眼眨呀眨的──還用有些濕潤的眼眸看著他。

隼人倒抽一口氣。

春希眼中也閃爍著不安的神色。

「我也……希望媽媽早點出院。」

隼人的音量不大，還是將沉澱心底已久、搖擺不定的模糊字句具體清晰地說了出來。

說完，他覺得胸口變得好輕盈。

甚至有種眼前的世界煥然一新的錯覺。

感受到隼人發自內心的期盼後，真由美偷偷擦了擦眼角。

她握緊尚未康復的左手往胸口一拍，彷彿在說「包在我身上」。

「那我就得早日康復回家才行！」

「……嗯。」

聽到媽媽直率的回覆，隼人有些害羞地搔了搔頭。

帶著微笑在一旁看的沙紀感覺十分耀眼。

離開醫院時，西方的天空已經完全染成茜紅色。

三人踏著有些輕飄飄的步伐，並肩走在來打工時也會走的這條路上。

隼人不發一語。

卻有種莫名的舒暢感。

或許是把埋藏心底已久的那些話說出來的關係。

這都是沙紀的功勞。隼人偷偷瞥了她的側臉。

在過去的記憶中，總覺得她老是戰戰兢兢地躲在姬子身後。相較之下，現在的她變了很多。

說到改變，春希也一樣，跟那時候截然不同。

外表也好，身處的環境也好。

人都是會改變的。

而且是不斷在變。

那我到底——隼人才這麼想，手機就傳來通知鈴聲。

『哥，你在哪?我餓了。』

螢幕上顯示的訊息內容很有姬子的風格。隼人頓時有些放鬆地苦笑。

「隼人，怎麼了？是誰傳來的？」

「姬子啦，她說肚子餓了。」

「啊哈哈，很像小姬會說的話。」

「今晚要吃什麼呢……每天都要煩惱這件事。」

「通常要看超市有哪些特賣或折扣再決定吧。」

「順帶一提，今天的特賣品是牛豬混合絞肉，我想先買再說。」

沙紀低吟了一陣，接著充滿期待地喊出一聲：「有了！」

「那我想吃吃看豪華漢堡排！小姬常常跟我炫耀，所以我很好奇！」

「啊，我也很在意！小姬好像很愛這道菜耶～～」

「姬子嗎？那個很費工耶……但三個人分工合作應該很快啦。」

「我好像也餓起來了。隼人、沙紀，趕快去超市一趟再回家吧！」

「好！」

「啊，喂，春希！」

春希冷不防地抓住隼人和沙紀的手衝了出去。他們就這樣被春希拉著前往超市。

簡直像小孩子會做的事。

但大家臉上都掛著笑容。

三個充滿愉悅氣息的影子被映照在最近越走越習慣的這條路上。

微涼的秋風在背後推著他們。

天上是被染成紅色的捲積雲。

感覺時節正慢慢步入秋季。

第4話 各自的放學後／春希

秋意漸濃的清晨時分，氣溫變得很低。

在這個類似樣品屋的建築林立的住宅區，某個家裡的盥洗室。

鏡子前的春希面有難色地拿著梳子，視線落在往左右兩邊亂翹的頭髮上。

「唔唔唔，還是這麼難對付……」

從她決定把頭髮留長那一刻，睡醒後頭髮亂翹這個問題就一直煩惱著她。過去她的處理方法都是把頭髮梳在一起編成辮子。

平常每天早上，不對，如果是以往的她，應該會抱著無可奈何的心情，把頭髮編好就完事了。

偏偏今天讓她特別在意。

「……真厲害。」

腦海中浮現出昨天的沙紀。

光靠她一句話，隼人的表情就馬上豁然開朗，彷彿附在身上的惡靈全數退去，簡直就像魔法。

沒錯，春希第一次看到人心被撼動的樣子。

在月野瀨遇見她之後，春希總是訝異萬分。

不只是她的行動力，還有她的影響力。

她真的好耀眼。

我能不能像她一樣成為「搭檔」的助力，拯救他的心靈呢？

未來沙紀跟隼人一定會持續交流，共同創造回憶吧。

——以女孩子的立場。

「！」

春希的心頓時隱隱作痛地躁動起來。見隼人跟沙紀越走越近，本該是好事一樁。

她不明白為何如此。

但她本能地感受到這是負面情緒，於是她告訴自己不能繼續糾結，並用雙手拍打臉頰將思緒趕出腦海。

她出門的時間比平常早了一些。

來到集合地點後，沙紀已經在那裡等著了。一看到春希，沙紀就跑了過來。

「春希姊姊～～早安！」

「早啊，沙紀。隼人跟小姬呢？」

「還沒來，只有我一個人。」

受到早上的情緒影響，春希的心跳頓時漏了一拍，但她馬上用笑容帶過。這已經是她的慣性行為了。

這時，她發現沙紀有些躁動。仔細一看，她的雙眼不僅浮腫充血，甚至還有黑眼圈。

春希疑惑地歪著頭，沙紀則慌張地窺探四周，確定四下無人後，才有些羞赧地附在春希耳邊說：

「春希姊姊，其實昨晚睡覺前，我玩了之前在哥哥房間找到的『那個遊戲』。我玩了妹妹路線，玩到中途根本停不下來……！我從頭到尾都好緊張，不知道結局會怎麼發展！」

「哦——」

說著說著，沙紀的語氣變得越來越激動。明明已經深陷泥沼了，臉上卻還是燦爛無比的笑容。

春希感覺到迎來同好的充實感，不禁竊笑，心裡的開關也切換了。

「聽說遊戲的劇情跟動畫不太一樣，評價滿兩極的。」

「是嗎？每個人的喜好確實不同，但我挺喜歡的。」

「原來如此，那我就拭目以待嘍，不知道換我玩的時候是什麼感覺。」

「好呀！但我馬上就要破關了，感覺有點寂寞耶。」

「啊，我再借妳幾個推薦的遊戲吧？」

「可以嗎！」

「妳想玩色色的，還是正常的？」

「唔咦！那、那那個，選哪個好呢……」

沙紀滿臉通紅地陷入苦思。

她口中碎唸著「沒有色色場景是無所謂啦，但有的話故事才會更精采」這種說服自己的藉口，春希也一臉邪惡地說：「沒錯，會更精采。」最後沙紀有些興奮地同意：「對嘛！」

春希便露出計畫得逞的竊笑。

沙紀的反應讓人莞爾，十分有趣，因此春希也湧現出惡作劇的念頭。

這時有人朝她們喊了聲：「喂～～！」是隼人和姬子來了。

「早啊，春希、沙紀。」

「早，小春，妳們在聊什麼？沙紀，妳臉好紅耶，沒事吧？」

「小姬！呃、呃，這個嘛……」

「嗯～在聊色色的話題？」

「唔！春、春希姊姊！」

沙紀發出一點也不像她的尖叫聲，急忙逼近春希。

春希卻只是大笑帶過。

姬子瞇起眼，不滿地盯著這兩位兒時玩伴。

「……一大早在幹嘛啊？」

隼人傻眼的嘆息聲被路過的機車排氣聲掩蓋了。

時間來到午休。

變成器材堆置區的舊校舍裡有個空教室。

這裡是遠離教室喧囂的避難所，也是春希和隼人的祕密基地。

浮現幾分秋意的教室窗外，能看見捲積雲如細沙般在高空緩緩流動。

「……培根蛋。」

「這是飯糰耶。」

「是飯糰啊。雞蛋濃稠又鬆軟，培根的香氣緊跟在後，跟米飯意外對味耶。嗯，這個可以喔。」

春希說出有些難以形容，又有些驚訝的評語。

「春希，妳只要看到新商品，就算知道會踩雷還是會勇敢嘗試耶。」

「上次那個加了麻糬的神力飯糰跟煉乳草莓牛奶就很可怕……」

「……我當時有阻止妳喔。」

「不馬上吃的話，感覺很快就會下架了啊！」

「笨蛋。」

隼人傻眼地嘆息，彷彿在看某種可悲的生物。

春希也知道自己說的話有點傻，便俏皮地吐出粉色舌尖。

兩人苦笑一陣後，又開始吃起午餐。

從窗外灑落的初秋陽光拖出了兩人的影子，看起來比暑假前長了一些。

輕柔的微風將操場上學生的嬉鬧聲送了過來。

午餐在不知不覺中吃完了，他們將背靠上牆面。
兩人屁股下都坐著抱枕，一個是深藍色枕套，一個是印有小貓圖樣的白色枕套。
此處就只有他們兩個人。
期間沒說幾句話。
周遭瀰漫著平和安穩的氣息，就像小時候那樣。
好像很久沒體會到這種感覺了。
回頭一想，最近午休時間幾乎都有其他人的身影。
比如未萌、一輝、伊織、伊佐美惠麻這些新朋友。
除了他們以外，還多了幾個常聊天的同學。
春希過去根本無法想像，隼人轉學過來後學校會發生這些變化。
隼人家裡也是——思及此，她的思緒忽然被某個女孩子給占據了。
「——沙紀。」
「嗯？」
春希下意識將這個名字脫口而出。
她驚訝地眨眨眼，似乎不是有意為之。

隼人疑惑地轉過頭來。

春希的腦袋一片混亂。

胸口焦慮又煩躁。

為了掩飾這些情緒，春希搖搖頭，硬是把話題接下去。

「沙、沙紀是下次假日要出去採買吧？我在想有哪些東西是實際必需品。」

「對啊，雖然有基本的家具，但也只有那些……如果有招待客人的餐具、毛巾、各式掃除用品和洗衣籃，應該會方便許多，也需要體重計或防災用品這些東西吧。」

「哦，感覺數量很多，體積也很大耶。」

「我就是要負責搬東西啊。還想順便把暖桌棉被也買齊，我家也要買。」

「現在準備暖桌太早了吧？」

「但再過不久就是收稻的季節了吧？之後馬上就會變冷喔。」

「聽你這麼說還有點道理……呃，這是你的判定基準喔！」

「哈哈，但接下來就是秋天了啊。姬子又要卯起來挑秋裝了。」

「唔，我最怕挑衣服這種事了，買泳裝的時候也是這樣。」

「是嗎？感覺妳最近都開開心心地換各種穿搭，我還以為妳沒問題呢。」

「那是我故意耍寶想嚇嚇你而已！」

「啊，居然是耍寶喔！」

「唔嘻嘻！」

兩人相視而笑，開心地聊起「如果有題目就好了」、「別用大喜利的思維來選衣服啦」這種可有可無的話題。

這時，春希拋出了有些在意的問題。

「欸，隼人，你覺得我適合哪種風格？」

可能沒料想到吧，隼人驚訝地眨了幾下眼睛，再用確認般的眼神盯著春希，讓她覺得有點不好意思。

「嗯～～不曉得耶。我壓根兒不知道女生的衣服有哪些。」

「這樣啊。」

隼人果然給出了意料之內的答案。

完全是隼人會說的話，春希露出難以言喻的苦笑。

「噹噹噹」的預備鈴聲正好在此刻響起。

春希用混雜了些許遺憾的嗓音喊了一聲「嘿」，同時站起身。

正準備開門的隼人卻忽然停下腳步。

「啊～那個，我覺得春希不管穿什麼都好看吧。」

「……咦？」

春希不禁發出呆愣的聲音。

她看著隼人的背影，腦袋一片空白。

「挑妳喜歡的衣服穿就行啦，我很期待喔。」

隨後，隼人又用帶著調侃和挑釁的嗓音拋出這句話，讓春希的臉頰頓時發燙。

從春希的角度看不見隼人的表情，只見他逃也似的跑向教室。春希內心不禁小鹿亂撞。

「討厭～～！你等著瞧吧～～！」

春希像孩子般大聲喊道。

時間來到放學後。

隨著宣告下課的鐘聲響起，整個學校立刻喧鬧起來。

春希的教室裡也充滿各種樣貌。有人幹勁十足準備去參加社團，有人跟朋友討論待會要去哪裡，還有人選擇馬上回家。

她迅速將課本收進書包，並往隔壁看了一眼，發現隼人打了一個大大的哈欠，還高舉雙手伸懶腰。

她不經意瞥見毫無防備裸露在外的側腹。

心中便湧現想惡作劇的念頭。

「────」

她屏住氣息。

觀察狀況。

集中精神。

哈欠結束前的那一瞬間，就是最好的時機。

要用食指戳？像羽毛一樣輕撫？還是用抓的？

不管怎樣都好，總之她要為午休被捉弄一事報仇。

「二階堂同學！」

「！怎、怎麼了……伊佐美、同學？」

春希準備出手的那一瞬間，一旁有人出聲喊她。

春希嚇得肩膀一震並回頭看，發現伊佐美惠麻有些歉疚地雙手合十。

「不好意思，今天可以幫我代班嗎？臨時被通知社團要開會！」

「這樣啊，可以喔。」

「哇，謝謝！下次一定會補償妳！」

說完，伊佐美惠麻就揮揮手衝出教室。

春希看著那道背影，露出苦笑，隨後跟隼人四目相交。最近不管是社團活動還是打工，她都經常跟隼人共同行動。尤其是沙紀這學期搬過來後，就一直在一起。

該怎麼辦呢？

春希皺眉，走廊上又有人喊了她的名字。

「二階堂同學～～白泉學姊找妳喔～～」

「呀呼～～二階堂同學！」

「咦？」

春希循聲望去，發現是經常在學生會幫忙時碰面的高二學姊，她前陣子才去幫忙而已。白泉學姊揮揮手走了過來，隨後又有些歉疚地雙手合十。

「抱歉，雖然有點臨時，今天能請妳來幫忙嗎？我想麻煩妳去各社團走一趟，把資料收回來，喏，跟五月運動會那時候一樣！來，妳看——用紅線畫掉的社團就是已經回收了。」

「那、那個——」

「還要問妳加入學生會的意願，如果妳能積極考慮，我會很開心喲！那我先走了！」

說完，白泉學姊把一張紙塞給春希，沒等她回答就像風一樣離開了。

沒想到一下子丟了兩個要求。

被留在原地的春希有些為難地「唔～～」了一聲。

這時，有人用手背輕輕敲了她的肩膀。只見隼人神情無奈地露出苦笑。

「哎，沒辦法啦，模範生。我代替妳去打工吧。」

「隼人……嗯，麻煩你了。」

「啊～～二階堂同學不能去啊，這下傷腦筋了……」

「森同學？」「伊織？」

接著又換伊織用指尖搔著臉頰，一臉苦惱地走了過來。

「我剛剛接到家裡的通知，今天其他工讀生都休假，所以想請隼人跟二階堂同學都過來幫忙……」

伊織「唉」地嘆了口氣，夾雜著既似絕望又似覺悟的心情。

春希和隼人面面相覷。她想起打工第一天跟隼人和伊織值班，就已經分身乏術了。

只靠兩個人應該撐不住吧，希望能再多一個人。

春希低頭看著手上的資料，猶豫了一會。

「我還是去拒絕學——」

「那我代替二階堂同學去打工吧，反正今天也不用練球。」

「哦？」「一輝。」「——海童！」

一輝不知何時走了過來，舉手打招呼的同時還眨了眼。

他的動作還是這麼有模有樣，讓春希反射性地皺緊眉頭。

「暑假後半我也經常去代班，應該可以成為戰力喔。」

「哦，一輝要來我當然舉雙手歡迎，女性客人的反應也很好。」

「啊、啊哈哈。」

「春希，這邊應該沒問題了。」

「……這樣啊。」

問題解決後，隼人露出可靠的笑容。

春希以外的三個人就在她眼前聊著打工的事。

有種被排擠的感覺，胸口頓時隱隱作痛。

拿在手上的資料被她捏出了皺褶。

見狀，隼人皺著臉用告誡的口氣對她說：

「繼續保持『偽裝』，做起事來比較方便吧？」

「是沒錯啦……」

偽裝。

當個好孩子。

這是母親對她唯一的期許。

如今她早就明白這麼做毫無意義。

但隼人說得也沒錯，戴上這個面具，做起事來確實方便多了。

尤其是白泉學姊委託的這種協助工作，可以轉變成「校內表現」這種具體可見的數值，就更能體會這種好處。

春希視線低垂，來回看著手上的資料和隼人的腳邊。

結果隼人摸摸她的頭，像是在安撫她。

「別露出那種表情啦，晚餐我會準備妳愛吃的菜。」

「——啊。」

春希對隼人馬上離開的掌心依依不捨，發出渴望更多的央求聲。

她一抬頭，就發現隼人露出有些尷尬的笑容，眼神透露一絲情非得已。

春希睜大眼睛。

所以她努力用理性壓抑心中翻起的滔天巨浪，擺出微笑說：

「做普羅旺斯雜燴義大利麵給我吃，就是我第一次在你家吃的那個。」

「好，包在我身上。」

把這個任性的要求（約定）一口氣說完，春希便轉過身去。

她頭也不回地快步跑出教室。

放學後又過了一會。

校舍變得人煙稀少，操場和體育館都能聽見熱力十足的吆喝聲。

「呃，這樣就好了嗎？」

「對，可以，謝謝你當場填寫。漫畫研究社是發行社刊跟插畫展示，對嗎？」

「嗯，應該跟往年一樣。」

「那就沒問題了，謝謝你的配合。」

「啊……」

春希露出微笑便離開美術教室。

身後卻傳來漫研社社員有些惋惜的聲音，似乎想要春希多留一會，讓春希有些疑惑地皺起眉頭。

手上拿著好幾張資料。

要幫學生會把這些資料發送出去。

她在白泉學姊給的清單上，用紅線畫掉漫畫研究社那一欄。

「再來是戲劇社，在第二服裝間啊……」

春希嘆了口氣，獨自走在靜謐的校舍中。

社團大樓也附設了幾個球場，目前幾乎都是運動社團在使用。

文藝類社團就跟剛才的漫畫研究社一樣，大部分是將特殊教室當成社團教室使用。

春希往窗外一瞥，看見棒球隊在操場上練習。難怪今天足球隊休息啊——她不禁想起一輝。

這時，她發現自己倒映在窗上的影子。

一身整齊端莊的制服、烏黑亮麗的長髮，以及如面具般貼在臉上的淡雅笑容。

跟小時候住在月野瀨時簡直判若兩人。

而且隼人也不在身邊。

這讓她強烈意識到孤身一人的寂寥。

她又想起去打工的兒時玩伴（隼人）。

他一定正在跟一輝和伊織努力工作，忙得不可開交吧。

自己卻不在那裡。

「……我在幹嘛啊？」

春希覺得心亂如麻，還說出這種軟弱的話。

之所以會幫學生會處理事務，本來就是她主動要求的，目的當然是為了加入學生會。

她的野心沒有大到想拿下學生會長一職，只是想要「學生會」這個頭銜。只要有三位現任幹部舉薦，隨時都可以加入這間高中的學生會總務工作。

加入學生會不但是春希心目中「好孩子」的榜樣，對大學指定推甄或獎學金審查可能多少也有些幫助——她是這麼打算的。以升學為目的冷靜思考後，這個計畫的確很吸引人。

但進入學生會真的忙起來之後，跟隼人相處的時間就會變少吧。這一點讓春希產生了猶豫。

腦海中忽然浮現沙紀的面孔。

髮色和膚色都偏淡，充滿空靈感，彷彿被風一吹就會消融在空氣之中。但跟外表截然不同的是，這個女孩的內心堅韌無比，甚至可以毫不猶豫地搬來大都市。

如果是沙紀──一想到這裡，春希就用力搖搖頭。

「好，趕快把事情做完吧！」

春希像要鼓舞自己般喊出聲音並拍拍臉頰。結果她一往前走，就迎面感受到一股衝擊。

「！對、對不起，我剛剛沒注意前面……」

「我也跑太快了……啊，妳是……」

看來是在走廊轉角處撞到人了，春希連忙低頭道歉。

對方似乎也沒注意，口氣帶著歉疚，隨後臉色卻越來越嚴肅。

「……」

「……」

春希疑惑地抬頭一看，也倒抽一口氣。

眼前這位女學生將一頭蓬鬆長髮編成公主頭，散發出俏麗華美的感覺。讓人印象深刻的絕美容貌，不管走到哪都是目光的焦點吧。春希當然也知道她是誰。

高倉柚朱。

在去年文化季的選美大賽中掀起話題，在春希這些高一學生之間也是赫赫有名。

說起近期跟她有關的傳言，就是被一輝甩掉這件事，令人記憶猶新。除了一年級之外，這個傳言應該也傳遍了整個二年級吧。

——同時也流傳著「把她甩掉的一輝，卻被春希給甩了」這個傳言。

高倉柚朱瞪大那雙意志堅強的眼睛，用銳利的視線盯著春希。春希則一臉尷尬，嘴角也頻頻抽動。

「妳是一年級的二階堂春希吧？」

「……對。」

她用確認的口氣這麼問，接著瞇起雙眼。

「……」

「……」

並用相當冒犯的視線將春希從頭到腳掃過一遍，彷彿在打量她。

感覺真不舒服。

知道她對自己沒什麼好感，才覺得更不自在。

雙方應該都明白對方是什麼來歷。

春希已經習慣他人散發的惡意了。

但內心還是會耗弱幾分。

母親、祖父母，還有看春希不順眼的那些女學生。雖然已經盡可能保持距離，避免和他們扯上關係，但在隼人不在的國中時期還是碰過幾次。

沒想到剛跟隼人重逢時，就在他面前宣洩出這股深埋在心底的洶湧情緒——春希回想起這件事，輕輕搖搖頭。

春希當然無意跟高倉柚朱吵架，但這種男女感情的問題，根本無法用道理解釋清楚。光靠溝通就能理解只不過是奢望罷了。

「妳……」

「是、是。」

「長得很可愛嘛。」

「…………咦？」

「嗯，除了臉蛋跟身材之外，頭髮、指尖和儀容都很完美，背脊也直挺挺的，感覺不是一朝一夕就能換來的成果。二階堂同學，妳私下應該也很自律吧？」

「謝、謝謝妳的讚美……？」

春希提高警戒，對方卻莫名其妙用一本正經的口氣稱讚了她，話語間也聽不出侮蔑或嘲諷。

對方意料之外的反應，讓春希滿頭問號。

這時高倉柚朱忽然回過神來，故意咳了一聲試圖重振精神，再次變回認真的態度。

「抱歉，還沒自我介紹，我是二年級的高倉柚朱。」

「啊，是，妳太客氣了。我是二階堂春希。」

「妳應該聽說過我的傳言吧……？」

「這、嗯……」

「我就直接問吧，妳對一輝是怎麼想的？」

「！」

她馬上切入正題，甚至讓人有種爽快的感覺。

突如其來的這句話讓春希啞口無言。

她不知道該說什麼，應該說她壓根兒沒想到情況會如此發展。

唯一明白的是，高倉柚朱確實如傳言所說，對一輝抱持著非比尋常的情意。

「我、我看他很不爽。」

「……咦？」

所以她直接說出內心所想，沒有絲毫包裝。

「態度難以捉摸，對每個人都笑嘻嘻的，不但不會把心情寫在臉上，還很會掩飾。」

「……」

沒錯，跟春希一模一樣。

「但只要有人遇到困難，他就會馬上察覺並給予協助。這種善良的表面功夫，該怎麼說，就是讓我一肚子火……！」

說著說著，春希的用詞也變得越來越粗魯。

之所以會這麼生氣，一定是因為一輝跟自己很像吧。

從理性層面而言，剛剛他願意幫春希代班，確實讓她鬆了口氣。

但春希剛才其實是想跟大家一起去。

自己居然不顧隼人和大家一起打工，一個人跑來學生會幫忙——這個狀況真的讓她很不是滋味。

她知道這樣一點也不理智。

這是感情問題，無關任何理由或道理。

「噗……呵呵……啊哈哈哈哈哈！」

「……啊。」

看到春希氣極敗壞地嘟著嘴脣，高倉柚朱再也忍不住似的捧腹大笑。

春希不知該如何是好，不禁慌了起來。

春希自己也知道，她把高倉柚朱喜歡的對象說得太難聽了。

「的確是耶。一輝對所有人都笑盈盈，老是讓別人會錯意，心思又太過縝密，時常幫助別人。真受不了，這種個性真是少根筋又邪惡啊。」

「喔、喔……」

即使如此，高倉柚朱還是笑到眼角泛淚。

聽到本人口中說出這種話，春希更不知該如何自處了。

「我也覺得他——哎呀，那疊紙是什麼？」

「啊，呃，是各社團的文化祭表演申請書。」

「戲劇（我們）社還沒填嗎？我也不太清楚耶……我跟妳一起去吧。」

「好、好的。」

於是兩人並肩往第二服裝間走去。

春希對她重新審視。

高倉柚朱，戲劇社社員，二年級。

在去年的文化祭選美大賽中，一舉拿下了評審、外部投票和才藝部門三個獎項，名聲十分響亮。

她比春希高了一截，身材高挑修長，凹凸有致的曲線散發女人味。絕美的臉蛋化著淡妝，更凸顯出俏麗風格。凜然可畏的姿態散發光明磊落的氣度，顯得自信洋溢。

近距離這麼一看，春希便恍然大悟。

她顯然對走在旁邊的春希毫無惡意，這反而讓春希更困惑了。

「妳怎麼一臉莫名其妙的表情？」

「呃，那個……」

「呵呵，我自己也搞不懂，不過呢……當面聽到妳毫無保留的批評，我可能覺得很開心吧。」

「開心？」

「而且也覺得妳觀察入微。如果對一輝一無所知，怎麼可能說出那種話？」

「……這就不好說了。」

春希五味雜陳地皺起臉。

接著，高倉柚朱用有些羨慕的表情看著春希。

「我國中的時候——」

「高倉是在跩什麼啊～」

「我承認她滿美的啦。」

「話也不是這麼說啊……前陣子在決定劇本的時候，本來是討論要用原創劇情，她居然說應該要演白雪公主或歌劇魅影這種經典戲碼。」

「又不是幼稚園成果發表會！」

她話還沒說完，就被門後傳來的聲音打斷了。

看來她們不知不覺來到了第二服裝間，裡面那些人顯然是在對高倉柚朱展開批判大會。

「但看她被男人甩掉，感覺好爽啊～！」

「對啊對啊，光是想像她不甘心的表情，就覺得好痛快！」

「不過那個小高一真的很帥耶。」

「到頭來高倉也只會看臉啦，哎，重要的還是長相。」

「要是我們有人跟那個一年級的交往，不就太精采了嗎？」

「呀哈哈，妳還真敢說耶～～！」

她們說的這些壞話，恐怕是嫉妒心使然吧。

春希皺緊眉頭，聽著覺得很不舒服。

連無關的外人都這麼難受了。

那當事人的心情該有多受傷呢——春希這麼想，並將視線轉向一旁，沒想到高倉柚朱反倒露出憐憫的眼神。

察覺春希的視線後，高倉柚朱聳聳肩苦笑。

接著她不顧春希訝異的驚呼，將第二服裝間的門猛地打開。

「妳們好像聊得很開心呢，能打擾一下嗎？」

「「「「！」」」」

眾人驚愕的視線扎了過來。

高倉柚朱卻不當一回事，把從春希那裡拿到的資料攤在她們眼前。

「哎呀，社長不在呀？得盡快決定文化祭的演出節目才行。要用原創劇情也行啊，但現在紙上一片空白，什麼計畫都沒有耶，感覺不太妙吧。」

高倉柚朱說得理直氣壯。

那群女社員彷彿被她的氣勢所震懾，連忙後退。

「那、那個，嗯……」

「是、是啊，妳說得對……」

「對了，我們要先去討論小型道具的事情……快走吧？」

「還有，想跟他交往的話，就得告白才行。一輝跟妳們毫無交集，所以我很期待結果如何喔。」

「「「！」」」

高倉柚朱的一舉一動彷彿擺明著說「妳們說的壞話我都聽見了」。那幾個女社員便一臉尷尬，逃也似的衝出第二服裝間。

春希就在走廊上看著這一切。

第二服裝間恢復平靜後，高倉柚朱意興闌珊地嘆了一口氣。

她再次看向春希並苦笑，像是在說「妳看吧」。

「這群人真無聊。跟她們相比，二階堂同學完全不一樣。」

「喔、喔……」

高倉柚朱用彷彿能將春希貫穿的視線緊盯著她。

「我很喜歡一輝。摸不透真心，對每個人都慈眉善目，卻還是會對遇到難題的人伸出援手，我就喜歡這樣的一輝。」

「——」

簡直像在宣戰。

——不，不對。

該說的話應該還有很多。

但不知怎地，高倉柚朱這種堪稱堅韌的性格讓春希看見了沙紀的影子。

這份近乎愚蠢的直率太過耀眼，春希完全無法直視，只能別開視線。

「下次再聊吧？」

高倉柚朱露出爽朗的笑，隨手往春希肩上拍一拍便離開了。

只剩春希像個迷路的孩子，獨自愣在原地。

第5話 各自的放學後／隼人

某個鎮上的車站前，有間總是大排長龍的純和風店鋪「白糕點鋪」。這間和菓子店創業於天保年間，店員的箭羽紋袴裙制服是一大特色。

但今天只有身穿甚平服裝、圍著半身圍裙的幾個男店員在店裡忙碌地跑來跑去。

「五號桌要三份葛切涼粉抹茶聖代！」

「收到～～吧檯區點的葛切涼粉抹茶聖代也做好了，幫我拿過去！」

「一號桌這邊也要點兩份葛切涼粉抹茶聖代，還要一份難得有人點的鮮奶油餡蜜涼粉……可以的話，一號桌還是讓一輝送餐吧，我去五號桌。」

「聽到了沒，一輝？」

「哈哈，了解。」

隼人有些不滿地看向店內，只見一群穿著制服的女學生對一輝投以熱情的眼光。一輝對她們露出親切的微笑時，現場就傳來「「「呀啊！」」」的尖叫聲。

見狀，隼人和伊織看著彼此苦笑起來。
「不過，我們應該是和菓子店吧？」
「葛切涼粉抹茶聖代上面不是有放蜜紅豆嗎？」
「但一樣是聖代啊！」
「啊哈哈，不過幸好大家都點這個才忙得過來啊。這都要感謝一輝。」
「這倒是。」
隼人將視線轉向在店內四處穿梭的一輝。
不必特意強調也知道，一輝在學校可是話題性十足的超級大帥哥。有一張鼻梁高挺的帥氣臉蛋，還在球隊練出一副柔軟的身軀。帶著爽朗笑容的他顯得親和力十足，只要不經意地說句「葛切涼粉抹茶聖代是本店主打」，女性客人就會全部都點這一道。
多虧點單相當集中，隼人才能游刃有餘地完成工作，甚至還能像這樣打屁聊天。
一輝似乎對這種熱情的注視習以為常了，他應該也知道大家都在盯著他看吧。他渾身散發著耀眼的光芒，彷彿這份工作是他的天職一般，讓隼人發出一言難盡的嘆息。
他忽然轉念一想：春希當時的表現如何呢？

於是腦海中便閃過春希一臉淘氣地說「誰拿到的點單比較多」、「將空盤一口氣全端回去的訣竅」、「要服務好幾桌的時候怎麼走才最有效率」的模樣。她完全不在乎客人的眼光，開開心心地投入工作，就像在打遊戲。

跟一輝相比，他覺得春希的表現很好笑，忍不住噗哧一笑。

「隼人？」

「！啊啊，呃，沒什麼……我覺得一輝很厲害。」

「對吧？都希望他以後可以來我們家上班了。」

「我們家……伊織，你之後真的要繼承這間店嗎？」

「嗯～～呃，會繼承嗎？我也不曉得。」

「……咦？」

隼人不經意拋出的話題，卻得到了意想不到的答案。

這間「白糕點鋪」是伊織家經營的，創業於天保年間，是傳承六代的老店。所以隼人理所當然地以為伊織也會繼承家業。

隼人驚訝地眨眨眼，伊織就有些害羞地別開視線低喃道：

「啊～～那個，我有一個姊姊。」

「咦……啊，你有姊姊喔？」

「對啊，我姊一心想繼承這間店，現在還認真到利用大學的暑假期間去義大利研究甜點，所以不一定要由我繼承。」

「哦，這樣啊。」

「對現在的我來說，繼承家業只是個有力的備選而已。說穿了，未來的事離我還很遙遠，根本無法想像啊～」

「……這麼說也對。」

兩人對彼此露出有些無奈的笑，這時一輝「呼」的一聲，擦著額頭上的汗水走了回來。看到隼人和伊織聊得不亦樂乎，一輝擺出有點鬧彆扭的表情。看來店內的盛況也平息了些。

「你們笑得很開心嘛，在聊什麼？」

「啊啊，伊織說他有姊姊。」

「咦，沒聽說過耶。也沒看過像你姊姊的人啊。」

「她利用暑假去義大利短期研修了，應該快回來了吧。」

「原來如此，大學的暑假感覺很長嘛。但為什麼要去義大利？」

「誰知道？但她出發前喊過『義式冰淇淋跟紅豆餡是絕配！』、『提拉米蘇跟最中餅有無限的可能性！』這幾句話。」

「啊哈哈，你姊姊很敢衝耶。」

「小時候姊姊都把這股氣勢發洩在我身上，我老是被她耍得團團轉。」

伊織一臉頹喪地發出「嗚噁」一聲，隼人和一輝想像當時的畫面，不禁哈哈大笑。

這時伊織聳聳肩，忽然靈機一動，將話題轉到一輝身上。

「對了，一輝呢？你有兄弟姊妹嗎？」

「我也有個姊姊，大我一歲。」

「跟我家姬子相反啊。她的個性怎麼樣？」

聽了隼人的提問，一輝先是回頭看看店內情況，又將手抵住下巴「嗯～～」地沉吟了一會，才皺著眉說：

「……我行我素的人吧？」

「原來如此，跟一輝很像啊。」

「咦？我給人這種感覺嗎？」

「對啊，我的步調已經被你打亂過好幾次了。」

隼人一臉洩氣的模樣，莫名興奮的伊織也越說越激動。

「不不不，這不是重點啦，隼人，那可是一輝的姊姊喔！一定是超級大美女吧！超讓人在意的。對了，你手邊有照片嗎？」

「！啊，嗯，呃，沒有啦。正常人不會隨身攜帶姊姊的照片吧。」

「哈哈，也是啦，我手邊也沒有姊姊的照片。」

「說到照片，那個巫女本人比照片還要可愛呢。」

「咦，一輝看過了嗎？」

「之前她特地來學校接隼人回去，就是那時候看到的。」

「唔，我也好想看喔！對了，巫女是什麼樣的人？」

「什麼樣的人啊……嗯……」

隼人一時間無法表達。

他試著在腦想中回想沙紀。

是妹妹（姬子）從小到大的朋友。

和隼人之間的關係看似親密，實則疏遠。

小他一歲的沙紀內心不像空靈的外表那麼脆弱，是個意志堅強，十分可靠的女孩子。

他想起前幾天在醫院發生的事——不禁眉頭緊蹙。

「……她到底是什麼樣的人啊？」

「喂喂。」

伊織忍不住吐槽。

現在的她跟以往的形象完全對不上，尤其是這幾個月，她給人的感覺真的變了很多。

一輝也朝面有難色的隼人瞄了一眼，苦笑著說：

「對了，隼人，你想好要送什麼禮物報答她的照顧之恩了嗎？」

「唔唔，還沒。我從來沒做過這種事，實在毫無頭緒。」

見隼人緊張地屏住氣，一輝和伊織便發出調侃的笑聲。

笑了一會，面帶微笑的一輝靈機一動說：

「她是不是剛搬來沒多久？」

「才一個多星期吧。」

「那應該還缺一些日常用品吧？可以送她平常生活用得上的物品，或是替生活增添情趣的小東西啊。」

「……原來如此。」

他覺得這主意很棒。

隼人也想到一些自己剛搬來時想要的東西。

但如果是女孩子想要的東西，那就更難選了。撇開實用性的部分，還要兼顧設計感的話，他實在沒有信心。

他和一輝四目相交，一輝還是一副笑盈盈的樣子。

隼人有點害羞地開口問：

「那個，你們下次假日有空嗎？」

「啊，我要跟惠厤約會。」

「我有空。」

「我們要去採買沙紀的日常用品，但我想趁姬子她們挑衣服的時候去買禮物，想請你幫我出點主意。」

「原來如此……是沒問題啦，但我真的可以去嗎？」

「嗯？啊啊……對喔，抱歉。一輝，你有點排斥跟女生相處吧？」

隼人以為自己說錯話了，不禁一臉尷尬。

一輝很受歡迎。雖然不太清楚，但他過去似乎發生過一些事，所以跟女生交流時變得格外慎重。隼人只顧自己方便，沒能考慮到這一點。

一輝卻急忙揮手否認。

「不不不，你誤會了！喏，你們幾個就像自家人一樣，我真的可以加入嗎？」

「嗯？應該可以吧。」

「我無法想像小巫女被一輝迷倒的樣子耶。」

隼人試著想像沙紀和一輝見面時的場景。

雖然會保持一定距離和平相處，但他實在想像不到沙紀被一輝迷得神魂顛倒的模樣——就跟春希一樣。

「……我也是。」

「！是、是嗎？」

「哈哈，她一定可以跟一輝處得來啦……哦，有客人了。」

三人聊得正投入時，告知客人上門的鈴聲就響了，還能聽見女孩子的尖叫聲。

一手包辦廚房事務的伊織揮揮手表示「兩位慢走」，隼人和一輝也看著彼此點點頭，決定再加把勁。

來到外場看見身穿水手服的國中女孩集團時，隼人的臉就僵住了。

「歡迎光——咦？」

「哥，我來了……呃，一輝學長也在！」

「姬子？」

「姬、姬子！」

姬子一派輕鬆地舉著一隻手，看到一輝時不禁瞪大雙眼。

她的國中朋友在身後「呀～～！」地興奮起來，唯獨沙紀神情有些緊張，露出尷尬的笑容。

被自家人（妹妹）看到自己工作的模樣實在有點害羞。畢竟沙紀跟其他朋友都在，而且上次是偶遇，這次姬子是知道才來，所以更尷尬。

隼人瞇起眼瞪著姬子，小聲地說：

「妳來幹嘛？」

「我想讓沙紀看看這裡可愛的制服……欸，小春不在喔？」

「她今天沒來，去幫學生會處理事情了。」

「學生會？」

聽到不熟悉的詞彙，姬子一臉呆滯地歪著頭，還皺起眉頭，彷彿在努力把學生會跟春希聯想在一起。

這時店內剛好有客人從座位上起身。

我抓住這個大好機會，拍拍旁邊一輝的肩膀。

「那我去結帳，一輝，姬子她們交給你了。」

「！啊、啊啊，嗯。姬子，妳們跟我來。」

「好～對了，一輝學長，這個裝扮很適合你耶，根本就是男公關嘛！」

「呃，這算稱讚嗎？那……『感謝您蒞臨本店，今天為您準備了特等席喔』。」

「啊哈哈哈哈！一輝學長真的好像男公關！」

一輝用有些滑稽的模樣表演，並將姬子一行人帶往空座位。

隼人一邊結帳一邊心想「這小子學得真像」，並和走在最後面的沙紀對上視線。沙紀對他輕輕揮手，感覺有些害羞。

這個舉動從她以往的表現完全無法想像，讓隼人嚇了一跳，但隼人也反射性地輕輕揮手回應。

結果沙紀驚訝地眨眨眼，臉頰泛起一抹羞紅，才急忙跟上姬子她們的腳步。看到如此可愛的反應，隼人嘴角也不自覺上揚。

「喂～～隼人～～結完帳就幫我把五號桌的餐送過去～～！」

「！好喔～～！」

聽到伊織從廚房傳來的聲音，他才回過神。

接過餐點送餐的路上，他往姬子她們那桌瞥了一眼。

「今天要吃什麼呢～～！」

「哇、哇，好厲害喔，小姬！居然有這麼多種類……！」

「……上次來的時候，我的最終候補是這個、這個、這個和這個……」

「啊哈哈，霧島已經瘋狂看起菜單了啊。」

「哎、哎喲～～」

「但真的很難決定耶，這裡的品項還會依照季節變化。」

「我們鄉下只有春天艾草、秋天栗子這個區別，因為就是用長在附近的食材～～」

「附近？這說法讓人很在意耶！」

姬子自顧自地認真看起菜單。

沙紀則和國中朋友們圍著菜單興奮討論。

眼前這一幕就是隨處可見，女孩們和樂融融相處的平凡畫面。

看來沙紀轉來這所學校後也過得很順利，隼人安心地嘆了口氣。

一輝看準她們話題中斷的時機，端著水杯走了過來。

「來，請用，要點餐了嗎？葛切涼粉抹茶聖代是本日主打菜單，還附贈黃豆粉，只限今天喔。」

「啊，就點那個吧～～」

「我也要。之前就很想吃吃看了，還附贈黃豆粉，只能點了。」

「我也跟穗乃香她們點一樣的吧～～！」

「呃，那個，我……」

見她們難以抉擇，一輝便不著痕跡地給出划算的建議，結果大家馬上就點了葛切涼粉抹茶聖代。隼人心想「這小子還是這麼圓滑」並嘆了口氣，但嘆氣的心情和剛才不太一樣。

「姬子，妳也要點這個嗎？我記得妳之前也吃得津津有味。」

「嗯～～我不要。」

「！」

「咦？霧島，今天點這個很划算耶。」

「我上次吃過了嘛，今天得開發其他品項才行！」

「啊、啊哈哈……」

其中只有姬子一個人不賞臉，她不客氣地拒絕了一輝的推薦，環起手臂發出「嗯～～」的沉吟聲，視線還緊盯著菜單。

一輝的微笑面具徹底僵住了。

隼人無奈地將手放上隱隱作痛的太陽穴。

這時，他忽然感受到視線。

隼人疑惑地抬起頭，看見沙紀一手拿著菜單詢問一輝（店員）：

「那個，這裡面有哥……有、有小姬哥哥做的品項嗎？」

「！啊啊，嗯，他之前做過刨冰類的，應該沒問題……對吧，隼人？」

「喂、喂！呃，刨冰類我確實有辦法做啦。」

「那、那我要這個宇治金時雪花冰。」

「哥做的嗎！那我也要點一樣的！這也在我上次的最終候補名單裡面～～」

「兩份宇治金時雪花冰，三份葛切涼粉抹茶聖代對嗎？各位稍等一下。」

點完餐後，一輝就笑盈盈地離開了。

不知為何變成隼人要做刨冰。

回到廚房後，送來點單的一輝就一臉愧疚地跟他道歉。

「抱歉，都這麼忙了，還要麻煩你特地抽空做刨冰。」

「沒差啦，待會要請你負責外場一段時間，我也覺得不好意思……真受不了姬子那丫頭，對不起喔。」

「啊哈哈，不會啦，這種強硬的態度很有姬子的風格啊。」

「她從小就很難搞。」

「因為不好對付，姬子他們那桌就麻煩隼人去送吧。」

「呃，我才不要服務妹妹咧！」

「……我剛剛也幫朋友的妹妹點完餐了，這次換你了吧。」

「好啦～」

被他這麼一講，隼人也不好說什麼，只能發出絕望的嘆息。

一輝喊了聲「好！」像在為自己打氣，就端著做好的一號桌餐點走到外場。

「那麼伊織，我做兩碗宇治金時喔。」

「嗯，麻煩你了。其實我的手完全進入葛切涼粉抹茶聖代模式了，不太想做其他餐點，剛剛做餡蜜涼粉就花了一點時間。」

「哈哈，這樣啊。」

跟伊織知會一聲後，隼人就開始準備刨冰了。

雖然配料很多，但不會很難做。

他心想：「這樣可以吧？」將冰刨得多了一些，淋上濃厚的抹茶糖漿後，又加了湯圓、蜜紅豆、黑芝麻與香草冰淇淋等配料。

「伊織，這樣可以吧？」

「嗯～～還行啦，但還差一點。加上這個……就可以了。」

隼人請伊織確認後，伊織就迅速擠了點霜淇淋在上頭。

見隼人有些驚訝，伊織便咧嘴一笑。

「可以這樣放嗎？」

「只有妹妹跟小巫女的餐點沒有變化，未免太無聊了吧。」

「抱歉……不，謝謝你。」

「嘿嘿，就說沒關係了。」

伊織平常很會迎合他人，在這種時候又很貼心，才讓人無法討厭。

隼人露出苦笑，接著有些緊張地準備將刨冰和伊織做好的聖代送到姬子她們那一桌，卻忽然停下腳步。他的視線落在那兩碗刨冰上。

他暫且放下托盤。

「怎麼了，隼人？」

「沒事，我準備一下，姬子一定會用到。」

「啊啊，原來如此。」

看到隼人拿出茶杯，伊織也心領神會地點點頭。

隼人將熱水壺裡的焙茶倒進茶杯後，再次往座位走去。

「各位久等了。」

「哇、哇啊！」

「不愧是主打商品！」

「一定要拍照！」

「哦，哥很厲害嘛。」

「分量比想像中多耶！」

一端上桌，眾人就發出歡呼聲。簡單說聲「我要開動了」之後，就各自伸出手。

聽到大家發出「嗯嗯～～！」這種覺得很好吃的聲音，隼人也跟著笑了。

「好痛～～！」

「～～～！」

挖著刨冰狼吞虎嚥的姬子和沙紀忽然覺得頭痛，整張臉皺成一團。

隼人早就猜到似的露出苦笑，將事先準備的溫熱焙茶端到兩人面前。

「兩位請用茶。」

這次她們將焙茶灌進嘴裡，大喊一聲：「『好燙！』」身邊的人都被她們逗笑了。

隼人傻眼地轉過身，正好和面帶微笑看著這裡的一輝對上視線。

「準備得很周到呢，隼人。」

「……真希望她們再沉穩一點。」

「啊哈哈。」

兩人如此閒聊，同時準備進行接下來的工作。

第6話 一輝的煩惱

打工時間結束。

和足球隊練習時不太一樣的疲憊和成就感籠罩著一輝。

從店鋪後門走出去後，一輝伸了懶腰，夕陽將他的影子拖得好長。

他往西方的天空看去，零散的捲積雲也被染得通紅一片。

本來就已經做好打工會很忙的準備了，沒想到工作結束後心情這麼暢快。

「哎，辛苦啦，一輝，總算熬過去了。」

「能幫上忙就好，我有幫到你吧？」

「當然有啊。真是的，姬子偏偏挑這種時候來，煩死了。」

「……啊哈哈。」

聽到隼人對妹妹（姬子）百般抱怨，一輝心中有些躁動。

上一次和姬子見面，是暑假剛開始去水上樂園的時候，時隔一個多月。

第6話
一輝的煩惱

津津有味地吃著刨冰的表情。

和朋友開心聊天的模樣。

以及有別於其他客人，對自己毫不在意的眼神。

他摀住莫名隱隱作痛的胸口。

隨後，他發現隼人憂心忡忡地看著自己的臉。

「你還好吧？」

「……呃，什麼？」

「沒有啦，因為你的表情還是工作時的服務業模式。」

「！啊、啊啊，嗯，可能僵住了吧。」

聽到一輝連忙拋出的藉口，隼人露出吐槽般的苦笑。一輝勉強擠出尷尬的笑容回應這位「朋友」。

一輝自己也知道，當時一看到姬子的臉，他就急忙戴上了面具（笑容）。

應該沒說什麼奇怪的話吧？

應該沒有留下不好的印象吧？

應該有表現出適當的距離感吧？

他滿腦子都是這些疑慮。

「一輝，你要搭電車嗎？那我往這邊走嘍，得趕快回家做晚飯才行。」

「真是辛苦。明天學校見吧。」

「好！」

可能是在趕時間吧，隼人一說完就小跑步離開，他的背影轉眼間就被商店街的人海吞沒了。

傍晚的車站前充滿熙來攘往的忙碌人群。

一輝就在這群人當中隨處閒晃。

漫無目的。

只是不想馬上回家。

某種鬱悶的情緒正在心中翻攪。

可是這條商店街的規模並不大。

走沒多久就能看見盡頭。

寬廣的幹線道路往前筆直延伸，這次看見的不是行人，而是來來往往的許多車輛。

踏上那條路的瞬間，忽有一陣強風撲面而來。

「！」

被風捲起的落葉打上一輝的臉，他不禁閉起眼，停下腳步。

「……我在幹嘛啊。」

他拿下貼在臉上的落葉，隨著嘆息吐出這句呢喃。

最近他的心都懸在朋友的妹妹姬子身上。

在水上樂園時，姬子略顯寂寞的那個表情至今記憶猶新。

而且他的心經常在無意間就被攪得一塌糊塗。

但也不是想和她更進一步或做點什麼。

再說，她就只是朋友的妹妹而已。

感覺連自己都搞不懂自己了。

而且一輝心中仍有無法擺脫的芥蒂。

『叛徒……！』

第一次感受到來自他人的明確惡意。

直接翻臉疏遠自己的旁人。

藏在笑容後面的盤算與欲望。

當時感受到的那種——他已經不想再體會第二次了。

「拜拜，明天見～～！」

「明天去你家來場電動大戰吧！」

「好啊，我才不會輸～～！」

「我要回家特訓～～！」

這時，一群正在聊天的小學生經過一輝眼前，每個人都笑得天真無邪。

一輝看著他們，覺得那種表裡如一的模樣好耀眼。他們的身影消失後，一輝發出一陣充滿自嘲的嘆息。

一直呆站在這裡也不是辦法。

彷彿要讓自己重振精神，他往臉頰一拍。同時，有個人有些顧慮地喊了他一聲：

「那個……你是海童同學吧……？」

「！三岳、同學……？」

一輝回頭一看，發現是個身穿制服、編髮相當可愛的女孩子——未萌。

她手上抱著一袋東西，應該是在其他地方辦完事情要回家吧？

「你在這裡做什麼呢？」

「呃，那個……」

未萌微微歪著頭問。

但一輝沒想到會遇到她，說起話來支支吾吾。

說穿了，一輝根本沒在做什麼事，他自己也想問。

現場瀰漫著些許尷尬的氣氛。

一輝望向四周，心想「得說點什麼才行」，但未萌身後只有一條寬廣的幹線道路。

未萌憂心忡忡地看著一輝的表情，眼神彷彿透露出「你還好嗎？」這四個字。

未萌也是個喜歡關心別人的少女。

——就像隼人一樣。

所以為了不被她看出心思，一輝急忙戴上笑容面具給出藉口。

「那個，我剛剛去幫隼人他們代班啦，就在之前妳聽我吐苦水的那間白糕點鋪。我對這一區不太熟，所以想找找有沒有其他好玩的。」

「…………」

「在陌生的街道上散步很有趣呢。有從來沒見過的店，就算是連鎖店，跟我住的地方相比也有不同的特徵。對了對了，我住在重劃區，老建築都陸續拆遷，就像一張白紙——」

「你之前說想支持的那個女孩，你跟她發生什麼事了嗎？」

「———！」

未萌尖銳的一句話，讓一輝的笑容面具出現裂痕，隨即瓦解剝落。他的視線到處游移，嘴角也頻頻抽動。

變化應該很劇烈吧。

拋出疑問的未萌本人似乎也對一輝的反應有些意外，一臉驚訝地慌張起來。

現場充斥著難以言喻的尷尬氣氛。

「……對、對不起！」

「咦？」

「我、我是不是又會錯意，還是妄下定論了呢……那個，給你添———」

「等、等一下！」

未萌可能也發現自己說錯話了，只見她連忙愧疚地低頭致歉，皺起的臉帶著自嘲。

未萌只是在擔心一輝罷了。

因為一輝感覺不太對勁，所以感到憂心，沒有任何算計。

一輝卻刻意掩飾，裝出沒事的樣子，未萌才會露出這種表情。

這種可恥的行為，讓他的胸口隱隱作痛。

於是一輝用力往自己的臉頰一拍，把未萌嚇得雙肩顫抖。

「海、海童同學！」

「好痛～～」

「啊、啊哇哇，你的臉頰變得好紅……！」

「啊哈哈，我想讓臉部肌肉放鬆一點啦。對了，三岳同學，想麻煩妳跟我聊一聊。」

一輝拿出滿滿的誠意，認真地看向手足無措的未萌。

被他這麼一看，未萌先是嚇得倒抽一口氣，隨後才輕輕點頭。

天空群青色的部分，色調逐漸加深。

一輝和未萌往隼人剛才離開的方向並肩走著，看來她家也是往這裡走。

「……」

「……」

兩人都沒說話。

就只是在住宅區中漫步，往未萌家前進。

偶爾會感受到未萌偷偷看向自己的視線。

但一輝只是一臉尷尬，臉頰被夕陽染成了楓紅色。

想跟未萌聊一聊。

可他不知該從何說起。

未萌或許也發現了，所以耐心地等他開口。

眼下這個狀況，一輝自己也感到不耐煩。

此時卻聽到輕笑聲。

「三岳同學？」

「啊，沒什麼，你的表情一直變來變去……所以我在想，對方到底是何方神聖，居然能讓你露出這種在學校從未出現過的表情。」

「……就是很普通的女孩子吧。但該說她跟別人不太一樣嗎？雖然她笑口常開，個性天真又有趣，卻會露出非常寂寞的表情……」

「你才開始在意她嗎？」

「但就算我想進一步探問，我跟她之間又有種說不出的距離感……」

「所以你想跟她變得更好，和她成為朋友？」

「！」

回想起來，讓一輝最無法忘懷的，就是她在水上樂園表示「我以前喜歡過一個人」時的表情。

後悔、寂寥、看破一切——藏在平常那張天真無邪的笑容後頭的情緒，在那一瞬間忽然崩落而下。

讓她露出這種表情的人到底是誰？

驚訝、疑惑、憤怒——他試著用這些方法定義湧上心頭的種種思緒，但都不夠貼切。

他至今從未體驗過這種感覺。

一輝摀著胸口嘆了口氣，同時說出內心所想。

「……或許吧，但我自己也不太清楚，畢竟以前我和女生之間有過糾葛……」

「你很害怕嗎？」

「咦……？」

未萌卻回了一句意想不到的話。

一輝不禁停下腳步，用疑惑的眼神盯著她的臉。

未萌眨了兩三下眼，才神情凝重地說：

「你的表情看起來相當不安。我懂這種……害怕與他人更進一步的感覺。我曾經跟你一樣，就算和對方聊得來，想和他成為朋友，卻因為遲遲找不到機會而臨陣退縮……那個，如果是我誤會了，還請你諒解。」

「啊……」

感覺有某些情緒重重地沉進心底，他下意識摸摸自己的臉頰。

害怕、不安、恐慌。

完全正確。

說不定「隼人（朋友）的妹妹」這一點也讓他耿耿於懷。

仔細想想，或許就是因為自己疑神疑鬼，行事太過慎重，才會出現那種可笑的反應。

對一輝來說，朋友是特別的存在。

現在好不容易變得順利許多，不像國中那樣辛苦，所以他很害怕改變。因為他經歷過昔日的平穩生活瞬間瓦解的感受，才會加倍恐懼。

此刻他才終於發現自己變得如此膽小。

於是一輝輕輕搖頭，像是放棄掙扎。

「……不，三岳同學說得沒錯。我很害怕回到孤身一人的感覺……怕得不得了。因為以前有過一次慘痛的失敗……」

他將內心的脆弱攤在陽光下，過了一會又嘆了口氣，彷彿對這樣的自己有些傻眼。

然而看了一輝的反應，未萌不但沒有嘲笑，也沒有出言安慰，只是目光有些動搖，雙脣也微微顫抖。

「孤獨的感覺，很難受吧。」

「……三岳同學？」

「我也是某天就忽然變得孤零零一個人，所以……」

未萌露出帶著自嘲的淺淺笑容，一輝覺得那張臉簡直就是他鏡中的倒影。

心臟跳得好快。

不是只有自己才是特別的。

一輝睜大雙眼，搗在胸前的手將襯衫抓出了皺褶。他忍不住牽起未萌的手。

「那、那個，妳能不能、呃，陪我練習呢？」

「練、練習……？」

「是、是啊，練習如何成為朋友！如果三岳同學、不介意……」

這個行為太過衝動。

這些話聽起來也很像藉口。

最要命的是，一輝也被自己嚇到。

未萌大驚失色，似乎也被嚇到了，綁成公主頭的後腦杓的髮尾也頻頻跳動。

但理解這句話代表的意義後，未萌雖然驚訝，還是點了點頭。

「可、可以啊，你不嫌棄的話——」

「汪！汪汪汪、汪！」

「！三岳同學！」

「不可以～廉人～……哎呀，哎呀哎呀哎呀哎呀，未萌！」

「呀……是廉人和奄美奶奶！」

這時忽然有隻大型犬朝未萌猛衝過來，原來是蘇格蘭牧羊犬廉人，年邁的女主人也被牠拉著跑。

一輝反射性地衝到未萌面前保護她，廉人卻忽然停下來，禮貌乖巧地坐在原地「汪！」了一聲，對一輝身後的未萌打招呼。

「別擔心，海童同學，這孩子——廉人雖然很頑皮，但個性溫順又聰明。」

「汪！」

未萌面帶苦笑走到廉人面前摸摸牠的頭，廉人就開心地叫了一聲。
一輝也覺得廉人很黏未萌。
「真對不起，廉人又這樣，一看到未萌就衝過來了。」
「呵呵，沒關係，牠平常就這樣嘛……對吧，廉人？」
「汪！」
「這孩子真是的……不過未萌，妳跟這個小帥哥感情很好呢。最近還換了髮型，難道……哎呀，哎呀哎呀哎呀哎呀！」
「唔咦！」「！」
聽到奄美奶奶的起鬨，一輝才發現自己還牽著未萌的手，於是急忙拉開距離。
「我、我跟海童同學不是那樣！」「我跟三岳同學不是那種關係！」
「哎呀哎呀唔呵呵呵，抱歉打擾兩位了，我還是先撤退吧。走吧，廉人。」
「汪！」
她似乎搞錯了什麼，帶著意味深長的笑容離開現場。廉人今天也特別會察言觀色，十分乖巧懂事。
被留在後頭的一輝和未萌臉頰都被羞澀和靦腆染得通紅一片。這時，一輝的手機發出收到訊息的通知聲。

『熱死了。蘭姆葡萄。巧酥。』

是姊姊傳來的，內容只有短短的這幾個字。

但一輝恢復以往的從容，露出苦笑。

他把手機螢幕拿給疑惑地歪著頭的未萌看。

「……呃，這是？」

「我姊傳的，要我買冰淇淋回家。」

「原來如此。啊，你有姊姊啊？」

「我是個抬不起頭的弟弟喔。」

「呵呵。」

氣氛變得和緩了些，未萌在胸前握緊拳頭，轉頭對一輝說：

「希望你跟那個女孩子發展順利喔。」

「啊啊，嗯，我會努力。」

一輝回了一個充滿決心的笑容。

第7話 邂逅

星期天早上，霧島家的客廳。

被迫坐在沙發上的隼人一臉苦澀。

「……還沒好嗎？」

「哥，不要亂動！」

「小姬，不要抓得太刻意，改成自然順下來的感覺如何？沙紀，妳覺得呢？」

「唔咦？呃，我覺得都很有新鮮感，給人截然不同的印象……」

隼人已經被以姬子為首的這幾個人整理頭髮超過半小時了。

有時還會被迫去更換穿搭，宛如換裝娃娃。在打扮方面，隼人沒什麼堅持，只能任憑擺布。

其實他覺得只要別太難看就好了，但看她們玩得不亦樂乎，隼人也不好意思潑冷水。而且他也不排斥。

他重新將視線移到眼前這三人身上。

姬子穿著寬鬆針織棉上衣搭配緊身褲，營造出淡淡的成熟風格。

春希則是夏季粗針織衫搭配拼接裙，呈現出符合高中生的休閒氛圍。

沙紀是一襲外出用的可愛洋裝。

撇除親友的濾鏡，隼人也覺得她們三個很可愛。

妹妹、兒時玩伴、妹妹的朋友。

隼人之所以能在她們身邊，也只是因為關係親近。

而且他還就近目睹春希在重逢後開始注重便服搭配，變得越來越有魅力。一想到這裡，他就皺起眉頭。

「完成！」

這時，姬子滿意的喊叫聲將隼人差點陷入思緒泥沼的意識撈了回來。

「哦，好像比平常多了幾分男人味耶～」

「跟以往的感覺差好多，讓人有點心動耶～～」

姬子自豪地挺起胸膛，看來她對成果十分滿意。

隼人有種「終於結束了」的解放感，並抓起一撮抹過髮蠟、感覺跟平常不太一樣的頭髮，好像變長了不少。

這麼說來，最後一次剪頭髮是什麼時候啊？他想了一會。

「下次我也去一趟髮廊好了……」

「「「！」」」

聽到他這聲呢喃，三人都表示驚訝。

「隼、隼人，你終於情竇初開了嗎……！」

「哥，你早上吃了什麼奇怪的東西嗎？」

「哥、哥哥染上了都會的色彩……」

看了她們的反應，隼人不滿地嘟起嘴表示：「……什麼意思啦？」結果春希難得用「算了算了」安慰他。

初秋的陽光雖然柔和了不少，依舊熱力四射，彷彿夏天還捨不得離開。

這個時節走著走著還是會滿身大汗，但也是出遊的絕佳日子。

離家最近的車站驗票閘口將準備出去玩的一大群人全都吞了進去。

隼人和沙紀一同站在售票機前。

「呃，我們現在這個車站……車站……在哪裡啊……」

沙紀看著像蜘蛛網密密麻麻的路線圖，覺得頭昏腦脹。在一旁買完票的隼人看了便上前支援。

「買180圓的車票就行了。」

「謝、謝謝。」

「我第一次看路線圖的時候，眼睛也快花了。」

「啊哈哈，車站這麼多，轉車也很複雜，真的會亂成一團呢。」

「是啊，我還是不太習慣。」

兩人面帶苦笑穿過驗票閘口，先走進車站的姬子和春希已經露出催促的表情在等他們了。隼人和沙紀互看一眼，並聳聳肩膀。

走進月台的同時電車正好進站，一行人便抓住機會搭上電車。

車廂內座無虛席，十分擁擠，到處都是抓著扶手的人。沙紀看著眼前的這幅景象，不禁說道：

「天啊，座位全坐滿了……是沙丁魚電車耶……」

隼人一時沒聽懂沙紀在說什麼，又往車廂內看了一眼，姬子不禁噴笑出聲。春希則面帶微笑，用十分溫柔的嗓音說：

「沙紀，真正的沙丁魚電車是擠到水洩不通的程度，乘車人數應該比現在多三倍。」

「咦！」

沙紀難以置信地瞪大雙眼，將視線掃過被坐滿的座位，再用「真的假的？」這種提問的眼神看向姬子。姬子回了個苦笑，硬是轉移話題。

「對了，沙紀，在這邊搭電車移動的時候，有ＩＣ卡比較方便喔。」

「是在閘口刷了會『嗶嗶』叫的那種卡嗎？」

「我是用手機的行動ＡＰＰ，還可以累積點數。」

「哦～我也用用看好了……」

「嗯嗯，強烈推薦。對了，哥為什麼不辦一張啊？」

「這……」

被妹妹這麼一瞪，隼人頓時啞口無言。

老實說，他覺得沒什麼必要。最近去打工或去醫院探病的時候，他也都捨不得電車費改用徒步前往，所以更不想辦了。

「對了，沙紀，妳今天想怎麼逛？」

「呃，那個，先把生活必需品買好，買買衣服，最後看還剩多少時間，再去逛逛家具之類的大型物件。」

「這樣啊，妳都請我們來幫忙搬東西了，要卯起來買喔。」

隼人這麼說，強行轉移話題。

姬子大喊一聲：「啊，被哥逃掉了！」沙紀和春希也「啊哈哈」地苦笑，隼人則無奈地搔搔頭。

隨著電車搖晃二十幾分鐘後，一行人便抵達目的地。

這個進出站人數在世界也是數一數二的車站，宛如一座複雜要塞或巨大迷宮，排隊人潮川流不息。雖然已經來玩過好幾次，但只要一個不小心就會被人潮沖散，隼人到現在還是不太習慣。

更別說是第一次造訪的沙紀了，她已經頭昏眼花，完全被震懾住了。

「哇、哇、哇，好多人！」

「啊哈哈，沙紀，走這邊～～來，手給我。」

「唔唔唔～～……」

沙紀差點被人海淹沒帶到別的地方。姬子上前幫忙後，為了不再迷路，沙紀便緊緊抓住她的手，立場跟以往完全相反。隼人見狀，不禁莞爾。

但可能是覺得車站大樓裡隨處可見的店面和廣告很稀奇吧，沙紀東張西望被帶著到處走的樣子，實在很像沒見過世面的鄉巴佬。

隼人欣慰地看著她的背影，結果和輕笑出聲的春希對上眼。

「原來沙紀也有這種孩子氣的一面。」

「我懂這種興奮的心情，因為我當時也是這樣。但我覺得還有其他原因。」

「嗯？」

「是不是因為她不再心懷顧慮，願意在我們面前表現出真實的一面……就像她那天宣告的那樣。」

「…………這樣啊。說得也是，嗯，一定是。」

說完，春希眉頭輕皺，淺淺一笑。

不久後，他們看見會合處的那座鳥的裝置藝術。

「是鳥的裝置藝術！欸欸、小姬，真的有鳥的裝置藝術！」

「我第一次看到的時候，覺得比想像中小很多耶～～！」

「真的耶！虧它這麼有名！」

「「對呀～～！」」

看到以往只在電視或網路上看過的地標，沙紀的心情十分激動，姬子也跟著興奮起來。

兩人聊得正亢奮時，忽然有人用輕快的嗓音喊了一聲「嗨」。

「今天穿得很時髦耶，很適合妳喔。感覺比平常成熟了一點？」

姬子回頭一看，露出驚訝的表情。

沙紀僵在原地，一雙眼眨呀眨的。

兩人的視線前方，是看起來比平常更加耀眼的一輝。他帶著親切和藹的笑容朝這裡揮揮手。

雙方對看了一會。

搞清楚狀況後，姬子「啊！」地驚呼一聲。

「一輝學長！你是不是剪頭髮了？」

「妳眼力真好耶。怎麼樣，好看嗎？」

「很適合你～～感覺比以前更帥了？我一時沒認出你，還以為有人找我們搭訕呢！」

「啊哈哈，搭訕啊。姬子這麼可愛，應該常常被搭話吧？」

「哎呀～～不不不，完全沒有。對了，頭髮是去髮廊剪的嗎？」
「嗯，姊姊推薦的。」
「哇啊！你有姊姊啊！她是什麼樣的人？有照片嗎！好想看看！」
「呃，那個，有機會再說吧。」
聽一輝提到姊姊的事，姬子的眼睛都亮了起來。
一輝有點招架不住。
他挪開視線試圖掩飾，正好發現姬子身旁的沙紀。
「旁邊這位是……？」
「啊，她是沙紀！是我從小到大的朋友。沙紀，他是一輝學長，是哥的朋友！」
「唔咦！我、我是村尾沙紀……那個，你當時也在白糕點鋪吧？呃，再次跟你打個招呼……」
話題忽然拋到自己身上，沙紀感到驚恐，還是乖乖低頭打招呼。
「我才應該再跟妳介紹一次，我是海童一輝。隼人親手做的刨冰好吃嗎？」
「！呃、呃，那個……」
聽了一輝的調侃，沙紀頓時慌了起來，臉變得紅通通的。

對「白糕點鋪」一詞有反應的姬子往前踏出一步，用逼問的口氣問道：

「對了，一輝學長也開始在那邊打工了嗎？把我嚇一大跳耶！」

「只是碰巧去代班而已，那天正好聽他們說人手不足。」

「是喔，但你感覺很熟練耶。如果用當時那種男公關的方式待客，應該會很受歡迎！」

「啊哈哈，在妳們面前才能這樣啦，對其他客人這麼做可能會被罵喔。」

「啊～原來如此，類似給同事（哥）妹妹的特別服務？」

「不是因為妳是隼人的妹妹，是因為妳是我的朋友——我比較希望妳這麼想。」

「咦？」

說完，一輝偷偷眨了眼。

姬子愣了一下，之後才恍然大悟地打了個響指。

「啊哈，這是延續剛才的搭訕話題吧？一輝學長真有趣～～！」

「……妳喜歡就好。」

一輝嘴角抽了幾下，但還是立刻戴上親切的面具（笑容）。

發出愉悅笑聲的姬子忽然「啊！」地叫了一聲。

她的視線前方是一輛停在路邊的豪華餐車，車身印著加滿鮮奶油的可麗餅圖案，光看就覺得很甜。有很多年輕女客人在排隊。

「哇、哇，可麗餅！是可麗餅！」

「在車上做嗎？要怎麼做啊！」

「哥，我過去看看！等我一下！」

「我、我也要去！」

姬子眼中頓時綻放光芒，似乎按捺不住了，拉著沙紀就往餐車直衝。

過程不過短短數秒。

目送兩人背影離去的一輝露出苦笑，春希便開口虧他一句：

「啊啊～～海童被甩了呢。」

「是啊。」

「有其他東西能讓第一次見到可麗餅攤販的姬子分散注意力嗎？我反倒想見識呢。」

「「……噗！」」

隼人有些傻眼地冷眼以對，春希和一輝也覺得他說得有道理，不禁笑了起來。

一輝瞇起眼，看著排在隊伍最後端，指著菜單看板像孩子一樣興奮的姬子和沙紀。

他有感而發地說：

「姬子真的好有趣，跟其他人很不一樣。」

「咦？什麼？海童，你要追小姬嗎？」

「怎麼可能！不是啦，我只是想跟她變得更親近一點。」

「哦？也是啦，小姬很可愛嘛……對吧，隼人？」

「……不要問我。」

忽然被問及妹妹的話題，隼人的表情變得有些複雜。春希還用揶揄的眼神盯著他。

隼人搔搔頭試圖搪塞，咳了一聲重新找回狀態後，開始仔細觀察一輝。

如姬子所說，乍看之下雖然沒什麼不同，也很難具體形容，但給人的印象確實比平常清爽不少。一定是某種因素起了作用吧，就像姬子出門前都會認真打扮那樣。

隼人自顧自地心想「原來如此」，並向一輝問道：

「啊～～你的髮型是在髮廊剪的嗎？那個……」

「隼人居然對髮廊……啊啊，嗯，之後再告訴你。」

「不好意思，感謝你幫忙。」

「哈哈，沒這麼誇張啦。」

一輝一時有些驚訝，卻沒有像春希她們那樣嘲笑隼人，反而是在瞥了她們一眼後，才用了然於心的語氣如此回答。

隼人有種內心被人看透的感覺，背脊有些發癢。這時一旁的春希不經意地說：

「隼人，你之所以想去髮廊，是因為沙紀嗎？」

「咦？」

出乎意料的這句話讓隼人不禁發出怪聲。他轉頭看向春希，發現她的眼神相當嚴肅。

隼人用捫心自問的感覺回溯記憶。看到沙紀越來越健談，慢慢展現出不同面貌，隼人覺得很耀眼。

……就像眼前的春希一樣。

反過來說，自己又是如何呢？隼人心中湧現出某種類似焦慮的情緒。

隼人沒有否認，但又不想讓春希發現這種心情，便語重心長地說：

「……或許吧。」

「……這樣啊。」

看著這樣的隼人，春希露出有些為難的神情以及含糊的笑容。

等姬子和沙紀買完可麗餅回來後，為了不妨礙別人通行，一行人移動到路邊，兩人便開始小口吃著可麗餅。對她們來說，邊走邊吃可能算是高難度技巧。

「哇！沒想到焦糖跟南瓜這麼對味！啊，但沙紀的巧克力香蕉感覺也很好吃耶！」

「我的加了很多鮮奶油，吃起來很綿密呢！小姬，我跟妳交換一口吧？來，張嘴～」

「啊～……嗯，妳的也好好吃！」

「啊，小姬，臉上沾到鮮奶油了！」

「咦？哪裡？」

鼻尖沾到鮮奶油的姬子伸出舌頭在嘴邊來回舔舐。

一輝見狀，苦笑著說「在這裡啦」，迅速用手帕幫她擦掉，結果姬子有些遺憾地「啊」了一聲，緊盯著手帕。

意料之外的反應讓一輝僵在原地。

隼人瞇起眼嘆了口氣，才給出正確答案。

「她不想浪費鮮奶油，所以想用舔的啦，一輝。」

「！哥，你很白目耶！一輝學長，謝謝——喂，別笑我啦，討厭～！」

「啊哈哈，抱歉抱歉。」

「小姬以前就很貪吃嘛……」

「連沙紀都這樣！」

姬子用遭到背叛的眼神看向沙紀，笑聲便以沙紀為中心擴散開來。

隼人對妹妹令人汗顏的反應十分傻眼，並將視線轉回手機。螢幕上羅列著鄰近店家的資訊，多到不知該從何逛起。

「該怎麼辦呢……」

隼人將心中的疑惑實際說出口後，春希便一臉驚訝地看著他。

「你在煩惱什麼？要逛哪間店嗎？」

「嗯，對啊。多到眼花撩亂。」

「呵呵，我知道一間店。煩惱的時候，只要去那裡就能把絕大多數的東西都買齊。」

「哦？哪間店？」

「百圓商店。」

「啊，原來如此，就是那間很大的——」

「要去百圓商店嗎！」

聽到春希這句話，沙紀立刻歡呼起來，眼中綻放著充滿期待的光芒。

隼人訝異地眨了眨眼，才笑著回答「就這麼決定了」。

星期天的市區人潮十分洶湧。

高樓大廈林立，各種店家櫛比鱗次，他們隨著人潮在其中穿梭行走，宛如游泳。

雖然已經來過好幾次，街道的規模和人潮還是讓隼人相當震撼，因此他也好奇地東張西望。

「……啊。」

「……春希？」

這時春希輕喊一聲，嗓音中帶著一絲寂寞。

隼人用疑惑的視線看過去，春希這才發現自己不小心喊出聲了，表情變得有些尷尬。

她先是皺起眉頭猶豫了一會，最後還是有些遲疑地指著一間店說：

「呃，我在看那間店。」

「浪貓咖啡廳陽光之家？」

「那個，我想到杉杉了……」

「啊啊……」

杉杉——是在月野瀨早已荒廢的二階堂家倉庫，也是春希以前的房間發現並救下來的小貓。春希想起關於杉杉的往事，表情變得有些複雜。看了春希的反應，隼人也沉默不語。

察覺到隼人神色有異，春希急著想戴上笑容面具圓場——隼人卻忽然開口，像是要打斷她。

「沙紀之前把杉杉的照片傳到群組，牠躺在地上露出肚子，臉上笑咪咪的，看了都覺得好幸福。」

「咦？啊，嗯，很可愛呢。心太跟叔叔好像也很寵牠。」

「叔叔是不是每天都會傳照片過來啊？」

「對啊，沙紀也抱怨過，說他關心杉杉的程度更勝於搬去大都市的女兒。」

「那就是叔叔不對了。」

「但也多虧有杉杉，她跟爸爸也越來越常聊天了。」

「啊哈哈，那就得感謝杉杉了。」

「呵呵，是呀。」

他們相視而笑。

氣氛一如往常。

笑了一會，隼人再次看向前方，用若無其事的口氣說：

「但杉杉能像這樣笑得這麼可愛，也是因為春希找到牠並出手相救啊。」

「……！」

春希頓時停下腳步，眼睛眨呀眨的。

「……這樣啊。」

隨後她將手放在胸前，緩緩勾起一抹笑容。當她準備追上隼人的腳步時，卻驚覺不對地喊了一聲：

「奇怪，沙紀呢？」

「……咦？」

被春希這麼一說，隼人也放眼望向四周，卻沒看見沙紀的人影。

隼人覺得不太對勁，向在後方吵吵鬧鬧的姬子和一輝問道：

「姬子、一輝，沙紀去哪了？」

「要～～說～～幾～～遍～～我不是貪吃——咦，沙紀？奇怪……？」

「哦？去哪了呢……在那邊！」

「那是……」

一輝環視周遭，找到沙紀後便伸手一指。

只見沙紀被陌生女性攔下來說話。

「超音波能清除毛孔髒汙，低周波電流也能刺激肌肉，達到臉部提拉的效果，會變得比現在還要漂亮喔！」

「是嗎？但這對我來說還太早了吧，價格也……」

「不不不，就要趁年輕時跟別人拉開差距！三十萬確實貴了點，但現在只要登錄這個新商品的回饋調查，把每個月的使用照片傳上來，我們每個月就會給您三萬圓的答謝金！差不多一年就能回本了呢！」

「哇，那很划算耶！」

「是呀是呀！請小姐務必——」

「不好意思，她是我的朋友。」

「！」

隼人急忙衝上前抓住沙紀的手往回拉，彷彿要將她從女子手中救出來。

被圈在隼人懷裡的沙紀驚呼連連，來回看著隼人和那名女子。

女子被隼人突然的舉動嚇得措手不及，但還是立刻換上可疑的微笑，雙手一拍，用巴結的口氣開始推銷：

「啊，你是她的男朋友嗎？要不要買這個美顏器送女朋友——」

「不需要！走吧，沙紀。」

「男、男朋友！」

然而隼人不想多談，立刻中止對話轉過身去，就聽見女子在後頭氣憤地咂嘴。

「沙紀，那是街頭推銷，不喜歡或沒興趣的話就要直接拒絕。」

「……咦？啊……」

隼人用有些傻眼卻十分嚴肅的口氣如此告誡，沙紀才終於釐清自己剛才遇到的狀況，五味雜陳地低吟了一聲。

回到其他人身邊後，一輝微微舉起一隻手表示「辛苦了」，姬子也跑到沙紀身邊。

「妳、妳沒事吧，沙紀？」

「嗯、嗯，哥哥來幫我解圍了。」

見沙紀有些沮喪，春希也開口安慰。

「沒事沒事，那種人態度強硬又很纏人，真的很難防，一逮到機會就會馬上貼過來。」

「畢竟沙紀剛從鄉下搬過來，還是小心為上。而且妳又很可愛，還是要有點自覺。」

「唔咦！啊唔唔……」

聽了隼人的忠告，沙紀面紅耳赤地低下頭。

姬子逼近隼人喊道：「哥，你說得太過分了，白目！」看著他們三人的反應，一輝有些憂心地說了一句：

「……隼人偶爾會忽然說出很不得了的話耶。」

一旁的春希滿臉不情願地低聲回了一句「對啊」。

一行人來到百圓商店。

地上五樓，地下一樓，商場總面積超過一千坪，是國內少數的大規模商店。之前和春希來買手機的時候，也有來這間店逛過。

「「……好厲害。」」

踏進店內的瞬間，就看到生活用品、居家擺飾、嗜好類、汽車用品和ＤＩＹ用品等琳瑯滿目的商品，讓姬子和沙紀發出驚呼。

「這些都只要一百圓……」

「零食、文具、美妝品……哇，這個收納盒好可愛喔！」

兩人雙眼都閃閃發光，對商品充滿了期待。

但除了她們之外，還有另一個人也被激起購買慾。

「有水泥管跟垃圾場的迷你模型、納豆專用的攪拌棒，還有溫泉蛋煮蛋機！我要去逛一下！」

「啊，等一下啦，小春，我也要去！」

春希和姬子實在忍不住了，立刻衝進店內。

被留在後頭的隼人他們一時傻在原地，才皺起眉頭看向彼此。

「……呃，那個，我們也進去吧。」

「好的。啊，我把應該會用到的必需品列成清單了，來，在這裡！」

「哦，這樣方便多了。」

隼人一手拿著沙紀給的紙條，三人開始看起該買的東西。

「這個杯子是不是滿可愛的？」

「感覺也很好清洗，應該不錯。」

「等等，先不說這些，考量到剛才選的盤子，是不是這個的顏色比較適合？」

「啊，真的耶！」

「……這樣聽起來，一輝說的好像比較有道理。」

一輝充分發揮了他的鑑物品味。

「欸，一輝，收納要成套的話，你覺得這兩個哪一個好？」

「擦手巾選這個組合怎麼樣？」

「我看看，除了配色之外，設計上也要——」

被問及意見時，一輝不僅會給出合理的理由，還會舉出其他更好的例子。所以不只是隼人，連沙紀都會主動向他徵求意見，購物過程也進行得相當順利。

他們就像這樣不斷精挑細選，將必需品買齊並結帳。

離開收銀台時，隼人自然而然地將手伸向購物袋。

沙紀「啊」了一聲，一輝也在同一時間若無其事地提議：

「隼人，我拿一半吧。」

「那易碎物品給我拿，剩下的就交給你好嗎？這些體積大了點，但應該不會太重。」

「ＯＫ……真的耶，好輕喔。」

「對吧？但不太好拿。」

「啊哈哈，這倒是。」

於是這些東西就由隼人和一輝分著拿。

沙紀帶著有些歉疚的表情向兩人低頭道謝。

「不、不好意思，還讓你們幫我拿東西。」

「沒事沒事，我們原本就是來幫忙的。」

「而且對隼人來說，也算是不錯的『事前演練』啊。」

一輝如此調侃，眼神彷彿在說「挑禮物的時候就能掌握她的喜好了，恭喜你」。

「！喂，一輝！」

「啊哈哈！」

隼人用空著的那隻手撞了一輝一下，一輝只是笑著帶過。

看著兩人的互動，沙紀眨眨眼，有些感慨地說：

「你們感情真好。」

「！」

被沙紀這麼一說，隼人頓時啞口無言。

他瞄了一輝一眼，接著將臉別開，有點害羞地說：

「畢竟我們、是朋友嘛……」

「！」

一輝似乎也沒料想到隼人會這麼說，他瞪大雙眼說了句：「呃，嗯，對啊。」難為情地將臉轉向一旁。

沙紀覺得他們看起來很耀眼，於是瞇起眼睛輕笑。

隨後時間來到中午，因為姬子說：「我知道一家不錯的餐廳！」大家就決定去那間廣受年輕族群喜愛，價格低廉的知名義式家庭餐廳吃飯。之前來看電影的時候，他們也來過這間店。

第一次來家庭餐廳的沙紀不斷驚嘆：「不是用餐券點餐嗎！」「飲料真的可以無限暢飲嗎！」「這才300圓，比自己在家做還便宜……」反應跟以往的隼人和姬子一模一樣。

看了沙紀的反應，姬子一臉得意地說：「不放心有沒有點到的話，可以用平板的點餐紀錄確認喔。」「在飲料吧把薑汁汽水跟葡萄汁混在一起，就能做出無酒精的雞尾酒喔。」十分熟練地指導沙紀。

隼人知道姬子其實是第二次來家庭餐廳而已，傻眼地看著她。隨後他看準大家吃完飯的時機開口問道：

「之後要去哪裡？」

「我想去看秋裝！」

「對耶，剛剛在百圓商店已經把東西大致買齊了。」

姬子立刻舉手發言，沙紀也跟著附和。

這時一輝用確認的語氣提問：

「那要去City嗎？」

聽到「City」這個詞，隼人忽然繃緊全身，反射性地看向春希。

還沒確認春希的表情，姬子就馬上把一輝的話接下去。

「啊，不錯耶，那邊有好多店！但今天沒有活動，感覺有點可惜！」

隼人發現姬子也把視線移到春希身上，看來她已經把City的活動資訊事先調查好了。她的側臉看上去有點成熟。

（姬子這丫頭……）

春希有些驚訝，但和姬子四目相交後便露出微笑。這樣應該可以放心去City了。

「好，那就去City逛逛吧。」

「City是指有那棟地標大廈的Shine Spirits City嗎？好期待喔！」

「那裡也有我們各自想看的東西，應該很適合吧。」

「是嗎，哥？」
「對啊，到了City就男女分開逛吧。」
決定下一個行程後，大家便從座位上起身。
Shine Spirits City是以60層樓高的地標大廈為中心，由各式各樣的建築物構成，雄偉的外觀堪比現代城郭，在市中心也是十分吸睛的存在。
看到眼前的City，沙紀驚訝得合不攏嘴，瞪大雙眼惶惶不安地問：
「這、這裡應該不會收入場費吧？」
「這裡是商場，進去當然不用錢啊，沙紀。」
「哇、哇，說得也是！」
「啊哈哈，隼人第一次來的時候也說過一樣的話。」
「喂，不要說出來啦，一輝！」
「哦，哥也有說啊。」
「原來如此、原來如此。」
姬子和春希帶著冷笑看了過來，隼人像要追趕逃跑的一輝般跑進商場，映入眼簾的景色卻讓他下意識停下腳步。

四處掛滿了紅、黃、橘等暖色系的繽紛橫幅和廣告布條，所到之處都能看見『秋天讓人歡欣愉悅！』『今年秋天你嘗試了嗎？』『趕快穿上秋天的色彩吧！』這些標語。

有別於隼人困惑的反應，姬子和沙紀已經躁動起來，雙眼綻放出閃耀的光芒。

「哇、哇，這邊寫『今年秋天即享九折優惠』！」

「用這個優惠券在限定期間購物很划算耶！我們快走吧，小姬！」

「嗯，小春也一起去嘛～～！」

「我、我還是跟隼人他們——咪呀啊啊啊～～～～～～！」

春希被兩位女孩的氣勢嚇得頻頻發抖，抵抗也沒用，就這麼連拖帶拉地被帶走了。隼人帶著悲憫的心情目送她的背影離去。

「好，我們也出發吧。」

「喔，也是。」

在一輝的帶領下，兩人離開現場開始行動。

他們來到一間氣氛沉穩的時髦生活雜貨店。貨架上陳列著充滿設計感的收納盒和筆筒，以及造型時尚的馬克杯和面紙盒，感覺是女孩會喜歡的實用品。

連隼人都看得出每樣商品的作工十分精細，價格卻不算太貴，在這裡應該能找到適合的禮物。

「如何？」

「很棒耶，真虧你知道這種店。」

「這裡是我姊的愛店。」

「……原來如此。」

隼人和面帶苦笑的一輝馬上走進店內邊聊邊逛。

「不要挑剛才買過的東西比較好吧？」

「畢竟那些也是沙紀精挑細選過的。那就要找不一樣的實用品了……」

「有的話會很開心，沒有也不會不方便……隼人，你會想到什麼東西？」

「……疏通馬桶的吸盤。」

「噗哈！啊哈哈哈哈哈哈哈！」

「笑、笑什麼！我也知道應該不是這個答案啦！」

一輝捧腹大笑。

隼人也知道自己這句話有問題，但看到一輝的反應，還是一臉不滿地搔搔頭。

「我根本不知道女孩子想要什麼。」

「送食物應該最保險啦。」

「我也這麼想過，但好像不太適合……」

「你還是想用具體形式表達感謝吧？」

「是啊……應該啦……結果我還是不知道……」

話題又回到原點了。

兩人苦惱了一會，一輝像忽然發現什麼似的喊道：

「嗯～～隼人，你希望村尾用什麼東西？」

「我希望沙紀用什麼東西？」

「喏，從她的日常生活來看，有沒有讓你覺得『如果有這個就好了』的東西？」

「…………啊。」

這時，隼人忽然想到沙紀和春希送他的生日禮物。

縫了狐狸繡章的可愛圍裙，以及簡單直接卻很有「春希」風格的手機殼。兩樣都為隼人的生活增添了色彩。

他覺得有股情緒重重地沉入心底，腦海中也同時閃過一項物品。

「……好，決定了，我去找一下。」

「哦？我也來幫忙吧。」

決定要送什麼之後，處理起來就快多了，先前的煩惱彷彿不曾存在過。

隼人透過與一輝商量的方式，將心中的概念慢慢整理出具體的形象，從眾多款式當中慢慢挑選。

不久後他就找到了滿意的商品並結帳。

但隼人還是有些不安，畢竟他是第一次用這種方式買東西，反而更緊張了。

「送這個沒問題嗎？」

當他把心中的軟弱化為言語脫口而出時，一輝先是要加深他的不安般「嗯～～」地低吟一聲，又用溫柔的口氣回答：

「別擔心，不管你送什麼，村尾應該都會很開心。」

「……你說得太篤定了吧？」

「看她對你這麼信任又喜歡的樣子就知道了啊。」

「有嗎？我們以前根本沒說過幾句話耶，但沒被她討厭就好。」

「嗯～～但你也是從小就認識她了吧？」

「是沒錯啦，可是……」

「我換個方式問吧，隼人，你覺得村尾這個女孩子怎麼樣？」

「——！」

隼人腦袋一片空白。

他從來沒想過，不，是直接把思考的可能性排除在外。因為沙紀是月野瀨名門的獨生女，又是妹妹的兒時玩伴。

一輝向困惑的隼人拋出疑問：

「如果村尾對你——」

但說到這裡，一輝頓了一下，眼神也變得十分嚴肅。他在腦中斟酌用詞，用深有體會的語氣給出忠告。

「勸你好好想一想——因為我曾經有過失敗的經驗。」

「一輝……」

他的表情相當嚴肅且苦澀——甚至讓人看得心痛。隼人知道他是為了自己才會說這些話，感受才更強烈。

「…………」

隼人無言以對。

一輝無意苛責這位朋友，只是一臉為難地看著他。

◇◇◇

因為今天是假日，Shine Spirits City的專賣店商圈人聲鼎沸。

年輕人也很多，跟月野瀨山腳下的商場截然不同。

店家的風格也千變萬化，像是要配合這些年輕人一般。有每個人都適合穿的可愛休閒風、大量採用季節潮流元素的成熟風、充滿荷葉邊和蕾絲等強調女孩風格的店家、專攻皮革和毛料設計的品牌，還有主打獨特款式及花色的專賣店。

每間店都充分展現出各自的品牌特色，沙紀光看就覺得開心得不得了，也知道自己的心情很亢奮。

朋友姬子也不遑多讓，兩人便如魚得水般在人海中穿梭，一間一間逛個不停……當然也拉著春希到處走。

「沙紀沙紀，這種怎麼樣？」

「哇、哇，這也很好看耶～～！但對我來說是不是太甜美了，而且好暴露喔。」

「哪會啊！」

「小、小姬？」

「印象中沙紀都穿著巫女服，確實給人端莊又俐落的感覺，但妳一定很適合這種風格，還有反差感。」

「是、是嗎～～？」

「都搬來都市了，應該可以試著轉變形象吧？」

「轉變形象……」

「來來來，比一比試穿一下又不用錢！」

「嗯。」

幹勁十足的姬子滔滔不絕地說，並把衣服塞到沙紀手上。

這已經是這間店的第三套了，差不多也該試穿看看——思及此，沙紀忽然發現一件事。

「對了，小姬妳的呢——」

「啊！那件應該很適合小春！」

「咪呀！」

「——啊。」

沙紀還沒說完，姬子又看到了感興趣的商品，抓起春希的手一溜煙衝過去。

獨自被留在原地的沙紀「啊哈哈」地苦笑。

她緊盯著手上的衣服，東張西望，在店家入口處找到全身鏡後，才慌慌張張地走向鏡子攤開衣服。

「每件都好可愛喔。」

她不禁「呼」地嘆了口氣。

她將每件放在身上比對，想像自己穿上的模樣。

雖然事先在網路上看了衣服想像過了，但實際拿在手上比對後，跟想像的感覺還是天差地別。

「這件怎麼樣……有點孩子氣？」

現在比對的這件是令人印象深刻的鮮豔粉彩色系，強調天真浪漫的感覺。

「這件呢……可愛是可愛，但是不是太花俏了？」

下一件比對的是色調亮眼的大露肩款式。

每件都很可愛，也都有吸引人之處。

但全都是過去的沙紀完全不會嘗試的風格。

這些衣服真的適合自己嗎？能穿得好看嗎？

沙紀也知道自己是個鄉巴佬。

畢竟她離開綠意盎然的月野瀨來到都市才短短十天。

從小綁到大的雙辮髮型，只是為了讓自己髮色比別人淺這一點不那麼顯眼而已。

腦海中忽然閃過姬子那句「改變形象」。她試著想像自己穿上這些衣服，擺脫以往的形象，站在隼人面前的那一刻。

他會不會為我心動？

會不會感到驚訝？

會不會覺得我很可愛？

或是覺得很奇怪，一點也不適合，對我露出苦笑呢？

沙紀設想隼人不同的反應，臉上青一陣紅一陣，又喜又憂地不停變臉。

這時，有個人小心翼翼地從後頭喊了她一聲。

「那、那個……」

「咿、咿呀！」

在這種狀態下忽然被人搭話，讓沙紀嚇得輕輕跳了起來。

「對、對不起！」

「沒、沒事，我也那個、呃……」

開口的人也被沙紀誇張的反應嚇了一跳，十分歉疚地低頭道歉，沙紀也急忙反射性地低下頭。

這時沙紀才發現自己霸占全身鏡，表情像翻書一樣變來變去，看起來相當可疑，臉頰便羞得發燙。

現場氣氛變得一言難盡，隨後兩人才不約而同地發出「「啊哈哈」」的乾笑聲，試圖掩飾尷尬。

沙紀抬起頭，看向朝自己搭話的那個人。

第一印象是有種不協調的感覺。

她將染成亮色系的頭髮綁在後頭，戴著土氣的帽子和眼鏡，卻都掩蓋不住端正美麗的五官。

身上的衣服風格跟沙紀拿的那些很相似，但相當合身好看。難道她很喜歡穿這間店的衣服嗎？

她自己似乎也不想惹人注目，不過的確是十分美麗的少女，沙紀看了不禁讚嘆。

這名少女表現忸怩，好像難以啟齒。

她找自己有什麼事嗎？

當沙紀左思右想時，少女說出令人意想不到的一句話。

「那個，請問妳是不是有喜歡的人？」

「…………咦？」

沙紀瞪大雙眼，屏住氣息。

「那、那個，如果我誤會了，先跟妳道個歉。」

「那個，呃，妳怎麼知道呢？」

「因、因為我也一樣……！」

「！」

說完，少女垂下睫毛，整張臉漲得通紅。

「感、感覺好像看到以前的自己，我才忍不住跟妳搭話……忽然叫住妳給妳添麻煩了吧，真對不起。啊哈哈，我在幹嘛呀……」

她也覺得自己的行為太唐突了吧，只見她害羞地轉過身去，準備離開現場。

對沙紀來說，也只是碰巧被不認識的陌生人叫住，大可直接目送她離開。

但沙紀在少女轉身時的那張臉上，看見了落寞和類似後悔的情緒——因此她無法置身事外。

「等、等一下！」

「！」

回過神來，沙紀已經抓住少女的手了，這次換少女嚇得雙肩一震。

沙紀立刻將藏在心底的願望脫口而出。

「我、我想讓自己脫胎換骨！現在這樣還是遠遠不夠，那個，繼續原地踏步的話，我就沒辦法改變現在的自己了！」

「……咦？」

「可是，我自己也不知道該如何改變……」

「……啊。」

沙紀知道自己說的這些話雜亂無章。

更別說她和少女是第一次見面，少女應該沒辦法理解她在說什麼吧。

不過還是得說點什麼才行。

然而少女的反應一百八十度大轉變。只見她瞪大雙眼，彷彿在斟酌如何表達自己的想法，並用認真的眼神回望沙紀。

隨後，她用雙手緊握沙紀的手。

「來改變吧！」

「好、好的！」

「是啊，不該繼續原地踏步……我居然忘了這麼重要的事。」

「忘了……？」

「妳看這個。」

說完，少女將自己的手機拿給沙紀。

螢幕上的圖片是個穿著制服的樸素女孩。眼睛被頭髮遮住，感覺土裡土氣，表情跟舉止都很陰沉，在教室裡應該毫無存在感。

「呃……」

沙紀來回看著手機和眼前這個難掩活潑俏麗的少女，心想：這個女孩怎麼了嗎？

結果少女有些羞澀地坦承了自己的祕密。

「呃，這是以前的我。」

「咦咦咦咦咦～～嗯唔！」

沙紀差點大喊出聲，於是急忙摀住嘴巴。

少女轉變的程度實在讓人難以置信。

「只要想改變就能改變喔。」

「那個，的確是、呃～～？」

「雖然內在是一點也沒變啦……」

看了沙紀的反應，少女羞澀地笑，彷彿惡作劇成功。隨後，她又有些自嘲地說起過去的自己。

「以前我總是低著頭，躲在暗處不敢出聲，一點也不顯眼。但有人對這樣的我說了一句話：『像這樣抬頭挺胸的樣子很亮眼喔。』我就……啊哈哈，我很單純吧？」

「沒這回事！」

「！」

「我以前也不知道是為了什麼而跳舞，卻有人稱讚我又美又帥氣，所以、所以、請妳別說這種話！」

「………啊。」

少女就像鏡中的自己。

因此沙紀拚了命否定少女的言論，實在無法認同。

少女似乎感受到沙紀的心情，她驚訝地眨眨眼，隨後又瞇起眼睛。

兩人互看了一陣。

結果不約而同地輕笑。

「不好意思，在妳挑衣服的時候忽然開口打擾妳。」

「不會，我也聊得很開心……而且我也不知該怎麼選……」

「原來如此……」

聽沙紀這麼說，少女點點頭並用手抵住下巴，仔細觀察沙紀全身，隨後發出讚嘆。

「妳的五官很漂亮呢……身材也很好，應該怎麼穿都好看……所以才難選啊。」

「唔咦！哪、哪有……」

「如果是妳手上拿的這幾件……我看看，不好意思喔。」

「那、那個，呃……？」

少女話語方落，就將沙紀的辮子解開，用熟練的動作綁出公主頭造型。

接著她將沙紀手上的衣服拿過來放在沙紀身上，用眼神示意沙紀往全身鏡看。

「喏，妳看一下。」

「……咦？」

沙紀發出怪聲。

鏡子裡是個陌生的俏麗女孩，像沙紀又不像沙紀。

沙紀不禁往臉上摸了又摸，彷彿在確認鏡中人是不是自己。

「除了服裝以外，再搭配適合的髮型，效果就會加倍喔。」

「好、好厲害……」

「哦，妳們很可愛嘛，想買這套衣服嗎？我買給妳吧？」

「要不要穿這套衣服跟我們去玩啊？」

「咦，這個女孩子的髮色是天生的嗎？太酷了吧！」

「皮膚也白皙無瑕耶，喲呼！」

「……咦？」「！」

這時忽然有人向她們搭話。

回頭一看，是兩個態度輕浮的男生，身上還叮叮噹噹地戴著品味低俗的飾品。他們臉頰

有些泛紅，還用打量般的下流視線盯著兩人。

沙紀聽不懂他們在說什麼，也不知道他們是誰。

但沙紀今天早上才被街頭推銷騷擾過。

而且剛被叮囑過這種時候該如何應對。

於是沙紀努力將下垂的眼角往上提，毅然決然喊道：

「我不要！」

◇◇◇

這時的春希被姬子抓著到處跑，快招架不住了。

「小春小春，等等要不要穿這件？試試看嘛。」

「小、小姬，這件有～～點太原色系了，不會太搶眼嗎？」

「真是的，小春最近雖然有進步，但妳老是一眼就挑安全的黑白色系吧？要挑戰啦，挑戰！」

「唔唔……」

今天姬子的態度很強硬。

姬子接二連三將好幾件衣服拿過來，春希光是接下衣服跟著走就耗盡心力了，不禁頭昏眼花。

（沙、沙紀，救命啊～～！）

當春希在心中暗自求救時，忽然聽見一陣響亮的聲音。

是沙紀的聲音。春希停下腳步，跟姬子互看一眼並點點頭。

沙紀很少這麼大聲，兩人猜測她可能遇上進退兩難的窘境，便急忙跑到她身邊。

「啊哈哈，長這麼可愛，氣勢卻挺強的嘛，但個性強勢的我也喜歡喔。」

「剛好二對二，來我們的俱樂部玩啦。」

「不要，而且我對你們根本沒興趣！」

沙紀被兩個一看就不懷好意的陌生男人包圍，顯然是被搭訕了。

她雖然嚴正拒絕，對方卻只覺得有趣，證據就是他們變得越來越亢奮，還想強行抓住沙紀的手。

「你們想對沙紀做什麼！」

「！」

見狀，春希身體就不自覺地動了起來。她立刻抓住男人伸向沙紀的手阻止，腦海中閃過之前被學長纏上時隼人上前搭救的身影。

她做了個深呼吸。

隨後立刻展現出隼人當時的模樣，狠狠瞪著男人。

「『喂，她不是拒絕了嗎？已經沒你們的事了，滾一邊去。』」

「喲，好英勇啊。啊，難道妳是她朋友？」

「別擔心，我們會把妳算在內啦。」

「『聽不懂人話啊──』──咦？」

結果他們轉移目標。春希被他們抓住手後──下一秒愣住了。

甩不掉。

她跟對方的臂力相差太懸殊，一點用也沒有，春希沒辦法像腦海中的隼人那樣甩開他。

「唔，放手！」

「可惡，快放開春希姊姊！」

沙紀也試圖拉開男人的手，對方卻動也不動，反而只刺激了他們的施虐欲。

「哈哈，放心吧，我沒有忘記妳們喔。」

「來，哥哥請客！」

「……咦、啊……」

對方這麼說，還一臉猥瑣地湊上前來，吐息混雜著酒臭味，還舔著嘴脣用品鑑「女人」的視線看了過來。春希背脊竄過一股惡寒，來自本能的恐懼感讓她縮起身子閉上雙眼——就在此時。

「好啦～我們走吧啊啊啊痛痛痛痛痛！」

「你們想對春希做什麼！」

「！」

春希感覺到被人拉扯的力道忽然消失，就看見隼人將男人的手往上扭。一輝像是要保護沙紀般默默介入雙方之間，在他身後的姫子嚇得手足無措，眼中還泛起些許淚光。

隼人釋放出凶狠的氣息，一輝也絲毫不掩憤怒。

「啊，原來是這樣啊。」

「嘖，不會早點說喔。」

他們立刻一臉無趣地離開現場。

緊張的氣氛同時煙消雲散。

看熱鬧的群眾也失去興趣，再度邁開停下的腳步。

回過神才發現，這不過是一下子的事。

「春希，妳沒事吧！」

「！咦？啊、嗯……」

隼人一臉憂心地看了過來，春希似乎嚇到恍神了。雖然她馬上裝出沒事的笑容，卻還是有幾分僵硬。

春希忍不住回想起剛才的經過。

她對行動本身並不後悔。看到眼前的姬子帶著哭腔抓著沙紀說：「沙紀，幸好妳沒事～」卻反被沙紀安慰「我沒事」的模樣，她更覺得自己做得沒錯。

對春希來說，沙紀──「朋友」是特別的。

但她確實體會到自己無法扭轉情勢的無力感，忍不住說出軟弱的話語。

「……隼人跟我完全不一樣。」

「幹嘛忽然說這種話？」

「我沒辦法像隼人那樣拯救沙紀，一點用都沒──」

「沒這回事！」

「！」

沙紀卻打斷春希不讓她說完，並緊緊握住她的手。春希感受到些微顫抖。

「那個人讓我有點害怕，春希姊姊來幫我解圍，我真的很開心！」

「沙紀……」

「也對，春希衝動行事卻失敗也不是一兩天的事了。別因為這點小事沮喪，妳就驕傲地抬起頭，覺得自己有扮演好春希這個角色就好了。」

「隼人……等等，扮演好我這個角色是什麼意思！」

「呃，收拾爛攤子的事就交給別人？」

「討厭～～～～～～～！」

「啊哈哈！」

聽到沙紀和隼人對她所說的差距不以為意後，春希心情頓時輕鬆許多。

當氣氛恢復以往時，他們聽到「啊」的驚呼聲，原來是跟沙紀一起被纏上的那個女孩。

她瞪大雙眼，用手遮住嘴巴。

春希用眼神詢問沙紀：「她是妳的朋友嗎？」沙紀只回了個曖昧的笑容。

隼人看到那個女孩時，臉也僵住了，春希的視線疑惑地在兩人之間來回移動。

突然覺得有些在意。

「那、那個，謝謝你們出手相救！」

然而春希還沒弄清楚這種感覺是什麼，女孩就低頭道了聲謝，轉眼間便離開了。

「……你們認識嗎？」

春希如此提問，隼人只是跟一輝互看一眼並聳聳肩。

「不好說。」

「唔。」

看到兩個男生心領神會的樣子，春希不滿地嘟起嘴。

◇◇◇

愛梨在洶湧人潮中穿梭奔跑。

那群人的身影鮮明地烙印在她眼底。

好耀眼。

對彼此直來直往的樣子好耀眼。

而且一定就是她吧。

愛梨想起在水上樂園也跟她打過照面。

完全可以想像她狠狠甩掉一輝的模樣。

愛梨腦中的思緒亂成一團。

急速的心跳聲大到有些惱人，心臟緊揪到隱隱作痛，一定不只是因為剛才全力奔跑。

心中還充斥著「為什麼我不是他們的一分子」這個疑問。

到底跑了多遠呢？

愛梨氣喘吁吁地看向四周，發現不知不覺已經遠離喧鬧的街區，來到陌生的地方。

從未見過的公寓和住商大樓，在鄰近的幹線道路行駛的車聲。

她像迷路的孩子一樣，杵在原地好一陣子。

「我在幹嘛啊……」

她自嘲地說，並拿出手機想確認所在位置，卻發現收到了訊息。

『妳知道下次開會的時間地點嗎？』

是百花傳來的。

訊息內容還是像平常那樣讓人費心。

愛梨本想回覆，但打到一半又全部刪除，這樣的過程重複兩次之後，她按下通話鍵。

『喔？嗨～～愛梨，看到我的訊息了嗎？』

「……」

『總覺得應該是近期的事耶～～』

「……」

『外面還這麼熱，都不想出門了，居然還要拍秋裝，不覺得很扯嗎？』

「……」

『……愛梨？』

「……啊，呃，那個……」

雖然忍不住打了電話，但聽到百花的聲音，愛梨不知如何開口。

嘴裡只能不斷發出「那個……」「嗯……」這些聲音，隨後她將緊貼在耳邊的手機握緊，努力用開朗的聲音說道：

「別說這些了，百百學姊，我剛才看到把輝輝甩掉的那個女生了！正確來說，應該是已經見過一次了！」

『咦？』

「輝輝說得沒錯，那個女生有一頭烏黑長髮，與其說是可愛，感覺更像是漂亮的和風美人。」

『……嗯。』

「但她的個性跟外表很不一樣，既乾脆又帥氣。難怪輝輝告白之後會馬上被甩掉！」

『…………』

「她身邊的其他人感覺也都很善良，所以輝輝也——」

『愛梨。』

「——！」

百花忽然用低沉的嗓音打斷她，嗓音中還帶著一絲責難。

愛梨雙肩一震。

『欸，愛梨，「沒必要連對我都撒謊」。所以把妳現在真正的心情告訴我。』

「……………………啊。」

百花發自內心的聲音敲打著愛梨的耳朵。

回過神才發現，一股熱流滑過了臉頰。

她說不出話，也難以喘息。

但百花沒有催促，她理解愛梨的心情，靜靜地等待回覆。

「我的心好痛。」

聽到愛梨竭盡所能說出的這句話，百花倒抽了一口氣。

不過她立刻用平常那種開朗悠哉的聲音說：

『這樣啊，我知道了。那妳等我一下，我現在就去找妳，我們去吃肉！』

「咦？啊，好。」

『對了，妳現在在哪裡？』

「那個，我、我不知道……」

『該不會迷路了吧！愛梨，妳真是讓人操心。』

「……百百學姊沒資格說我吧。」

『咦～～？那妳附近能看見什麼？』

「沒見過的公寓，還有一間小神社？」

『到底是哪裡啊！好吧，算了，總之等我過去。』

「嗯、嗯。」

『然後我沒化妝喔，別怪我！』

「至少有點模特兒的自覺吧！」

『咦～～？』

愛梨不知不覺輕笑出聲。

結果「又」欠了她一個「人情」。

自己到底被她拯救過多少次了呢？

雖然數也數不清，愛梨還是將這份心情化為簡單的一句話脫口而出：

「……謝謝妳。」

『嗯？妳說什麼？』

「我說，確認所在位置之後再把資訊傳給妳。」

『ＯＫ～～我等妳。』

說完，愛梨掛掉電話。

接著她抬頭挺胸。

仰望天空，吞下了淚水。

第8話 只要伸手就能觸及

太陽依舊高懸的下午時分。

隼人一行人在Shine Spirits City採買完畢後，又買了吊衣架和滑軌式書櫃搬回沙紀家。

將一輝送到站前分開後，隼人獨自踏上歸途。順帶一提，女孩們似乎要去沙紀家整理一番，春希還幹勁十足地說：「我最喜歡組裝書櫃了！」

回到家後，隼人馬上著手準備晚餐。

他難得把手機放在旁邊。

他時不時查看手機確認，極為慎重地料理。

「……這樣真的行嗎？」

隼人不禁自言自語，表情還帶著一點疑心。

他正在做姬子指定的菜色，是前陣子在社群網站上蔚為話題，名為「變回雞肉！」的料理。

在鍋子裡鋪好奶油和洋蔥，放上雞腿肉後撒點鹽和胡椒，再放一層洋蔥蓋上後，加入月桂葉以小火持續燉煮即可，全程用不到一滴水。

這道菜雖然很花時間，事前準備和料理過程非常簡單。

難怪會造成話題，但因為沒一會就準備完了，隼人不禁環起手臂低吟了一聲。

在這段多出來的空白時間，他想起剛才的購物行程。

都市雖然生活機能便利，充滿刺激性，但也暗藏著相對應的風險。沙紀剛剛也是一直遇到麻煩。

隼人知道沙紀個性堅毅，在心太面前會展現姊姊風範，在月野瀨時經常幫姬子救場，但碰上今天這種狀況，就覺得她還是有慢悠悠的一面，以後得好好盯著她才行。

「沙紀啊……」

隼人呢喃著她的名字時，門鈴正好響起告知訪客上門。他喊了一聲：「來了～～」開門迎接春希等人。

「歡迎……咦？春希跟沙紀怎麼帶這麼多東西？」

「啊，哥哥。因為我們臨時決定要開睡衣派對。」

「就是這樣啦，可以吧，哥？」

「是沒差啦……」

實在太臨時了，讓隼人嚇了一跳，但春希以前也留宿過，所以他並不反對，只是姑且叮囑一句：

「書還是得念喔，姬子。」

「唔。」

「啊哈哈，我也把文具帶過來了。」

姬子一時語塞，視線游移不定，沙紀則舉起書包。兩人都是國三的準考生，雖然要過夜，但也不能玩一整晚。

還有另一件事讓隼人有些在意。

「對了，春希的行李為什麼這麼大件？」

「嗯，我嗎？」

不知為何，春希的行李比沙紀還大包。

雖說是臨時決定要過夜，但她在隼人房間裡有幾件替換衣物，應該沒必要帶這麼多行李。如果是娛樂用品，那未免也太大件了。

隼人疑惑地歪著頭，春希便露出淘氣的笑。

「嗯呵呵～～好奇嗎？」

「當然好奇啊。」

「好，那就讓你見識一下。小姬、沙紀，過來一下。」

「咦，什麼什麼？」

「怎麼了？」

春希留下明顯帶有企圖的得意表情，就帶著兩人消失在姬子的房間了。

過了一會，就聽見「「呀～～！」」的尖叫聲。

之後似乎還開開心心地玩了起來。

不知道葫蘆裡在賣什麼藥，想必不是什麼正經事。

「……哎，真是的。」

今天購物的時候也是這樣，男女個別行動的頻率上升了。

也不是說這樣不好，但隼人偶爾會像現在這樣，覺得只有自己被排擠在外。她們之間的話題也大多是穿搭、美妝這種隼人無法融入的類型。如果要說因為她們都是女孩子，那似乎也只能這樣了。

他對這樣的自己發出一陣傻眼的嘆息。

與此同時，客廳門被「叩叩」敲了幾聲，力道似乎有刻意放輕。

「隼人～你還在嗎？」

「春希？啊啊，我還在。」

「那我開門嘍？小姬、沙紀，我喊一二三就出去吧。」

「OK！」

「好、好的！」

「一、二、三～鏘鏘！」

「！」

三人現身後，隼人驚訝地瞪大雙眼。

春希穿著以朱紅色為基調的中華風哥德蘿莉洋裝，髮型還綁成左右兩邊的丸子頭。

他將視線移往旁邊，只見沙紀穿著以軍服為概念的偶像服，好像在電視上看過。髮型是側邊馬尾，感覺很新鮮。

姬子則穿著短裙款式的女僕裝，胸口設計開得很低，更凸顯她沒料的胸部，看了不禁有點想哭。髮型還是賣萌的雙馬尾，應該可以為有那種嗜好的人聲援打氣。

「怎麼樣，隼人？驚不驚喜？」

「！啊啊，嗯，嚇了我一跳……這些衣服是哪裡來的？」

「呵呵呵，其實是今天偷偷買的！點數還剩超多！」

「可是小春最後沒買其他衣服耶～」

「唔唔，因、因為……」

「啊、啊哈哈，很像春希姊姊會做的事。」

「但我很想穿穿看這種衣服啦～在這層意義上，小春算是幹得漂亮！」

「跟平常不一樣的穿搭，確實有種新鮮的感覺呢，我也好想試試小姬跟春希姊姊的衣服喔。」

「哦？那待會兒我們交換穿吧！」

隼人沒理會討論熱烈的三人，只是在一旁目瞪口呆。換上角色扮演服的她們散發出與以往不同的魅力，再加上每個人的裙襬都很短，讓隼人不知該把視線往哪裡擺。

眼尖的春希察覺到隼人的反應後，便露出平常那種壞壞的笑容湊上前來。

「欸，隼人，你喜歡哪一套？」

「我也想知道哥哥的喜好！」

「嗯咦？啊～呃，我之前沒看過這種衣服，所以，不太清楚……」

「什麼～～哥，這個回答太無趣了吧～～」

「無趣又怎樣啦！」

隼人急忙別開目光。如春希所料，隼人心中竄動著一股難以言喻的焦躁，但老實承認又讓他覺得有些不甘心。

當他對這種心癢難耐的感覺充滿困惑時，頭上忽然被放了什麼東西。

「來，隼人就用這個將就吧。雖然衣服是單一尺寸，你也不可能穿得下吧。」

「啊哈哈，很適合哥耶！」

「呵呵，有點可愛呢。」

「……這是什麼？」

隼人疑惑地伸手觸碰，發現是附貓耳的髮箍。

他皺緊眉頭，跟笑嘻嘻的春希四目相交。

「哎呀，機會難得，隼人也一起玩嘛，好不好？」

「……真是的，這是什麼懲罰遊戲嗎？」

然而隼人感受到春希的體貼，她不想讓隼人一個人被排擠在外。

偶一為之也無妨吧。

隼人傻眼地嘆了口氣，並乖乖戴上貓耳。

霧島家的客廳出現了有點脫離日常的景象。

「呃……小春，這裡的『in time』要怎麼翻譯啊？」

「來得及吧。」

「春希姊姊，這裡的『難耐』是什麼意思？」

「應該可以翻成『難以忍受』。」

穿著角色扮演服的春希、沙紀和姬子三人，正在矮桌前打開教科書讀書。

隼人坐在餐桌前看著這一幕。

春希的教學方式雖然是公認的爛，姬子卻發現可以把她當成字典，非常方便。適應力極強的沙紀也有樣學樣，看到不懂的詞彙就問春希。春希本人似乎也覺得被需要的感覺不賴，臉上掛著愉悅的笑容。

另外，當她開始講解文法或公式時，姬子她們就會默默打開教科書或參考書，春希的臉頰不禁尷尬地抽動起來。見狀，隼人忍不住輕笑出聲。

春希發現隼人在笑，便賞了他冷眼，但看見隼人在看的書後，春希又立刻換了張臉緩緩走來。

「隼人，這是什麼？」

「輕型機車駕照的考古題。」

「你真的想考駕照啊？」

「對啊，我想說寒假的時候去考。」

「……我也想早點考到駕照，但也得等到春假才行。」

春希嘟起嘴脣，似乎在鬧彆扭。

隼人一臉為難地說：

「沒辦法，妳那時候才剛過生日嘛。欸，妳也想考輕型機車駕照嗎？」

「嗯～不知道耶，只是覺得被隼人超前有點不爽而已～」

「妳很幼稚耶！」

隼人傻眼地吐槽了一句，但他能理解春希的心情，畢竟過去他們不管做什麼都一起。

如果春希也想考駕照，也是可以把計畫往後挪——隼人才這麼想，春希就「嘿！」的一聲用食指抵住他緊皺的眉間。

「別說這些了，你覺得這套衣服怎麼樣？」

「……是想盡量凸顯出可愛的感覺？」

「啊哈，是不是～～！超多輕飄飄的荷葉邊，很有女孩子的感覺。而且這個裙襬的長度，一不小心就會馬上走光。」

「喂，笨蛋，不要提起來啦。」

「呵呵，害羞了嗎？」

「對對對，真可愛啊～～讓我小鹿亂撞呢～～」

「哇，說得毫無感情耶。」

隼人對一如往常的春希瞪了一眼，又嘆了口氣。

他再次審視春希。

匯集了神祕、稚氣和小惡魔般可愛等元素的服裝和髮型，非常適合平常具有清純及淘氣等性質的春希。

身材曲線一覽無遺，充滿女人味的豐潤感，細到彷彿一折就斷的腰圍，從蓬蓬裙延伸而出的雙腿也令人目眩神迷，隼人不禁怦然心動。

春希笑盈盈地「喲」了一聲，兩腳往前一伸用力坐下。隼人為了掩飾尷尬，急忙將視線移向姬子和沙紀。

春希也跟著往那邊看了一會並說：

「嗯～～軍裝偶像跟女僕並肩讀書的畫面，感覺好荒唐喔。」

「剛剛那邊還坐著一個中華風哥德蘿莉呢。」

「啊哈，亂七八糟的。」

「但偶爾這樣也不錯，畢竟沒什麼機會看到這些裝扮。」

說完，隼人往自己頭上的貓耳彈了一下，春希也笑著回答「對啊」，並把眼睛瞇了起來。

「嗯嗯，對隼人來說也是大飽眼福啦。」

「哈哈，或許是喔。」

「那個特別養眼呢。」

「那個？……嗯嗯！」

隼人往春希用眼神示意的方向看去，不禁睜大眼睛，並急忙轉身別開目光。

雖然只瞄到一眼，鴨子坐的沙紀裙襬被腳後跟勾起來，所以裙底下的淡粉色映入了隼人的眼簾。他的心臟用難以置信的速度「怦通怦通」地劇烈跳動。

春希露出得意的笑容，盯著隼人帶著困惑的羞紅臉龐。

「哎喲～畢竟沙紀平常穿的都是長裙款式嘛。雖然制服也是短裙，但她平常都會小心翼翼的。」

「咦？啊啊，嗯？……」

「巫女服基本上都會遮住腳，她一定是穿不慣這種短裙，一時沒注意才會變成那樣吧，嗯。」

「可、可能吧。」

「不過，上半身明明包得這麼緊，下半身的設計卻這麼甜美可愛，有種反差感耶，而且是不是還滿性感的？」

「不、不要問我啦。」

「說到性感，沙紀本來是要穿女僕裝喔。可是那套衣服不是很強調胸部嗎？哎呀，我之前也說過了，沙紀的胸部比想像中還要豐滿，乳溝都擠出來了，她才羞得不敢穿。」

「！」

「嗯呵呵～你是不是想像了一下？」

「什、那個、才沒有！」

「……色狼。」

「少、少囉嗦！」

「哥？」「哥哥？」

聽到隼人的喊叫聲，姬子和沙紀都擱下手中的筆，疑惑地看了過來。

隼人頓時啞口無言。

畢竟不能老實交代原因，也沒辦法直視沙紀，於是他偷偷別開目光。

隼人嘴裡重複著「啊～～」「欸～～」這些單音，春希實在看不下去，只能百般無奈地嘆了口氣。

「沒有啦，因為我是三月生的嘛，只有隼人可以先考輕型機車駕照，好像年紀比我大一樣，有點怪怪的。」

「啊～原來如此，我懂這種感覺。有時候我也不太能接受小春大我一歲的事實。」

「小姬！」

「啊、啊哈哈……」

看到點頭如搗蒜的姬子，沙紀不禁苦笑。

春希覺得自己遭到背叛，含恨地大喊一聲。

這時，隼人和春希對上視線。只見春希用脣語說道：

『算你「欠我一次」喔。』

隼人眨了幾下眼睛，才恍然大悟地苦笑起來。

與此同時，有人的肚子發出了可愛的「咕嚕」聲，聲音的主人姬子頓時滿臉羞澀。

「哎喲，因為有一股很香的味道嘛！」

「啊，真的耶，是什麼呢……奶油？」

「我們確實是餓著肚子來的，也差不多到吃飯時間了吧。」

如姬子所言，廚房傳來奶油加熱後的獨特香氣，令人食指大動。

春希也動動鼻子聞了聞，一手放在肚子上，顯得有些靜不下來。

「那該來準備晚餐了。」

「啊，哥哥，我也來幫你。」

說完，隼人就起身走向廚房，沙紀也跟著起身表示想幫忙。

因為剛才那場意外，隼人的心臟急速跳動。

他再次看向沙紀。

上半身是規規矩矩，甚至有點死板的風格。下半身則是荷葉邊和層次感豐富的甜美裙裝，平常藏在裡頭的雪白柔嫩肌膚也從裙襬延伸而出。隼人不禁吞了吞口水。

此時若拒絕沙紀出於善意的提議，似乎也不太自然。

隼人拚命動腦思考該怎麼開口。

「呃，衣服弄髒了不太好吧？」

「啊，也是……」

隼人試著誘導話題，希望沙紀至少換件衣服。

沙紀轉動身子看看自己的打扮，有些遺憾地皺起眉頭。看來她比想像中還要喜歡這套衣服。

「穿上圍裙就行了吧。而且弄髒也無所謂，整件都可以水洗，所以沒問題啦。」

「春希姊姊！」

「喏，反正有打扮可愛的女孩子幫忙，隼人也比較開心吧。」

「呃，這……」

隼人賞了春希冷眼，春希則豎起大拇指，似乎覺得自己幹得漂亮。

興奮難耐的沙紀眼中充滿期待的光芒，隼人努力不跟她對上視線，輕聲低喃道：

「……啊～～沙紀這身打扮跟平常很不一樣，感覺很新鮮，我覺得很適合妳。」

「！」

沙紀的臉馬上就染成一片通紅，並用細若蚊蚋的聲音道了聲謝。

今天的晚餐是白天就開始準備的「變回雞肉！」和沙拉。

除此之外還有一道菜。

在平底鍋內用橄欖油將大量切碎的洋蔥炒成焦糖色後，加入切丁的馬鈴薯、香腸、杏鮑菇和蘆筍，再撒上鹽和胡椒。

食材熟透後，將加了起司粉和牛奶的蛋液倒入鍋中攪勻，蓋上鍋蓋以小火慢煎到蓬鬆，西班牙烘蛋就完成了。

「嗯～～這雞肉入口即化！還好我有指定要吃這道菜！」

「隼人，這出了不少湯汁耶，你真的一滴水都沒加嗎？」

「對啊，沒想到洋蔥有這麼多水分，我自己也嚇了一跳。」

「這個烘蛋很扎實呢，料也加了很多，感覺可以單獨當一道主餐了。」

享用晚餐的同時，四人也聊得不亦樂乎。

每道料理都盛裝在大盤子裡，大家再各自分食，有點像自助餐。

大家享受著這種類似派對的氣氛，心情也逐漸高漲。

「對了，小春，妳剛剛在沙紀家的書櫃放了什麼東西？」

「啊，是我之前說過的音樂類作品！哎呀，以前我對音樂一點興趣也沒有，但這部在網路上評價很高，我一看就陷進去了，覺得一定要好好推廣才行！」

「是妳之前推薦過的動畫嗎！我有錄下來喔！」

「哦？那待會兒來開個鑑賞會好了！」

「不要看太久，記得讀點書喔。」

「知道啦，哥，你真的很嚴格耶，討厭！」

「隼人，你真不會察言觀色！」

「啊、啊哈哈。」

「……真是的。」

隼人雖然傻眼，也覺得畢竟是難得的睡衣派對，於是嘆了口氣。

吃完晚餐又歇了一會後，隼人迅速將碗盤清洗完畢。

這段期間，春希、姬子和沙紀三人都在客廳裡一聲不吭，認真地緊盯著電視螢幕，想必真的很好看吧。但因為她們還穿著角色扮演服，隼人不禁啞然失笑。

這時，隼人的手機忽然發出群組聊天的訊息聲，姬子被這個聲音嚇得雙肩一震。

隼人不想打壞姬子的心情被她抱怨太吵，便衝進自己房裡點開畫面。原來是一輝傳來的訊息。

『今天辛苦了。』

『嗯，你也是。你真的幫大忙了，書櫃實在很重。』

『當時應該乖乖請店家宅配才對。』

『對啊，不該省運費的，明天搞不好會肌肉痠痛。』

『啊哈哈，我可能也笑不出來了。』

聊著這些可有可無的話題時，伊織也出現了。

『哦，怎樣怎樣？你們在聊什麼？』

『之前說過的採買的事。』

『啊啊，原來如此。隼人，你買到小巫女的禮物了嗎？』

『托你的福，已經解決了。』

『哦？再來只剩送出去了。』

『是沒錯啦……但要怎麼送比較好？』

『直接拿出來送給她不就好了嗎？』

『……在姬子或春希面前給，感覺就會被調侃啊。』

『啊哈哈，這倒是。那就等兩人獨處時不經意地送出去？』

『嗯～～只能這樣了……』

話雖如此，難度也挺高的。

仔細想想，隼人不記得他和沙紀曾經刻意單獨相處過，若真有機會，他也不知該怎麼開口。

『好吧，買好了就行，但不要沒送出去喔。』

『我會銘記在心。』

『隼人應該沒問題啦。』

說完，話題就告一段落。

這時隼人忽然抬起頭，發現放在書桌上的鬧鐘有點奇怪。

鬧鐘指著4點23分，但他看手機時間卻是8點45分，顯然有問題。而且鬧鐘的指針一動也不動。

他將乾電池取出重放好幾次確認，但鬧鐘還是毫無動靜。

「……沒電了嗎？」

隼人皺著眉頭，在書桌和房裡的置物櫃都翻了一遍，但不管怎麼找都沒找到備用的乾電池。

他心想「會不會在客廳」並探頭一看，發現客廳空無一人，看來她們已經移動到姬子的房間了。

隼人又找了一會，還是一無所獲。說穿了，這年頭頂多只有遙控器會用到乾電池吧。

「傷腦筋……」

隼人「呼」地嘆了口氣並搔搔頭。

就算鬧鐘停擺，有手機也夠用，只是他從小用到大，早就習慣了。

時不時就用鬧鐘確認時間早已變成深植體內的習慣，如果鬧鐘不動了，他會覺得有點心神不寧。

所幸現在才快九點，只要去超商趕快買乾電池回來就行了吧。思及此，他看看錢包並來到走廊上。

「呀！」

「啊，抱歉。」

就在此時，正面忽然感受到一股輕微的撞擊，他急忙抓住被撞得東倒西歪的沙紀的手，將她一把抱住。

手掌傳來一股熱度。沙紀充滿特色的淺淡亞麻色頭髮就在眼前，從髮旋飄出的甜甜香氣竄進鼻腔，讓隼人一陣暈眩。

可能是剛洗好澡，沙紀的臉變得有些紅潤，頭髮也還充滿濕漉漉的水氣。

「抱、抱歉，我沒看前面……」

「我、我才是……」

沙紀已經換下角色扮演服，現在穿著浴衣，跟之前在月野瀨生病被她照顧時看過的是同一件。

難得一見的模樣讓隼人心跳加速。他立刻鬆手拉開距離，以免被沙紀察覺內心的動搖。

「這身衣服……」

但隼人殘留在腦海中的這句話脫口而出，他自己也驚覺不妙，變得面有難色。

「這、這是，該說是睡衣嗎，就是旅館都會有的那種……！」

「啊、啊啊，嗯，這樣啊。」

「就是這樣！」

「呃，那個，妳洗完澡了嗎？」
「嗯，現在是春希姊姊在洗，小姬在房間看剛剛那部動畫的漫畫。」
「真服了她……」
「哎、哎呀，她是小姬嘛……」
「……哈哈。」
「……呵呵。」
兩人不約而同地曖昧一笑，試圖化解現場的尷尬氣氛。
見隼人往玄關走去，沙紀有些不解地開口問道：
「哥哥，你要去哪裡？」
「去超商買點東西。」
「超、超商！」
沙紀的嗓音中混雜了驚訝與好奇。
隼人回頭一看，發現沙紀靜不下來地說：「這麼說來，這裡有24小時營業的超商，隨時都可以買東西……」以前姬子也說過類似的話。
他不禁眨眨眼。

這一帶的治安雖然不錯，但國中女生確實沒什麼機會單獨去超商吧。而且她還不習慣都市的生活，機會就更少了。

這種孩子氣的樣子平常難得一見，隼人看了不禁會心一笑，同時他也覺得這是個好機會，便開口邀約：

「沙紀，要一起去嗎？」

「好、好啊！」

沙紀立刻給出了強而有力的回答。

隨後她往自己身上看了一圈。

「啊，但我先去換衣服，麻煩等我一下！」

「好。」

說完，隼人就面帶微笑地目送沙紀往姬子房間跑去。

夜空中沒有月亮，朦朧的星辰閃爍著淡淡的光芒。

隼人和沙紀憑藉著路燈和民家流瀉的光線，共同走在夜晚的都市住宅區。

「……」

「……」

兩人都不發一語。

隼人的表情變得難以言喻。

他將口袋裡的禮物放在掌心轉啊轉的，思緒都繫在走在旁邊的沙紀身上。

村尾沙紀。

溫婉恬靜，總穿著巫女服在月野瀨到處跑腿，深受羊群喜愛，被村民們疼愛有加，也是妹妹的朋友。這個女孩在祭典上綻放出鮮明強烈的光芒，讓人目眩神迷。

隼人現在居然要跟她單獨強往夜晚的超商。

真是不可思議，而且他們過去毫無交集，感覺才更強烈。面對這個在暑假前根本無法想像的狀況，隼人其實有些困惑。

這也是個贈禮的好時機，但隼人不知該怎麼送，也想不到適當的說詞。

沙紀將尚未乾透的頭髮放下來任由夜風吹拂，東張西望地窺看四周，似乎對都市的夜晚風貌感到稀奇。身上穿的不是剛才的浴衣或角色扮演服，更不是家居服，而是白天那套有些時髦的外出用洋裝。

（……跟姬子一模一樣。）

在心太或姬子面前，沙紀會展現出成熟的一面，但看到她跟妹妹一樣表現出與年紀相符的反應，隼人不禁輕笑出聲。

「！」

沙紀發現隼人在笑自己，不禁滿臉通紅地低下頭去。

隼人露出有些歉疚的表情抓抓頭說：

「那個，我第一次晚上去超商的時候，也是興奮得不得了。」

「……咦，哥哥也是嗎？」

「明明是晚上，但不管幾點去都可以像白天一樣買到東西，我實在很難相信，當時還興致勃勃地說要去確認是不是真的。」

「我、我懂！其實我原本以為晚上賣的東西會不一樣！」

「啊哈哈，我懂妳的心情。得去確認一下跟白天有什麼差別。」

「是呀！……對了，哥哥，你要去買什麼？」

「乾電池，因為鬧鐘沒電……喔，到超商了。」

「哇啊……！」

走了約莫十多分鐘。

位於住宅區外圍，面向大馬路的那間超商彷彿單獨從白天被擷取下來，燈火通明地照亮了夜晚的街道。

被燈光吸引般上門光顧的居民們在超商進進出出。見狀，沙紀雙眼閃閃發光，看得入迷。

看到沙紀表現得跟過去的自己和妹妹一模一樣，隼人不禁會心一笑，接著將手放上她的頭催促：

「我們走吧。」

「好！」

走進超商後，隼人馬上往要找的日用品區走去。

「電池在哪……」

平常不太會逛到這一區，貨架上排滿了筆和筆記本等文具、洗碗精和海綿等廚房用品，以及面紙和垃圾袋等日用雜貨，要找到想買的東西得花上一點時間。

隼人找了一陣子。

當他開始懷疑電池是不是已經賣完時，正好就找到了。

「有了有了。嗯，沙紀呢……？」

可能讓她等滿久了。

隼人如此心想，有些愧疚地環視店內一圈，結果馬上就找到沙紀了。

髮色和膚色都很淺的沙紀格外顯眼，而且她又在甜點櫃前躁動不安地扭動身子物色商品，就更引人注目了。

看著那令人會心一笑的可愛背影，隼人也猶豫是否該出聲喊她，於是嘆了口氣，觀望了一會。

沙紀的視線在好幾種商品之間游移好一陣子，最後在某個甜點前停下並伸出手。

「妳要買這個嗎？」

「！哥、哥哥！呃，這是、那個……」

「前陣子剛推出的雙重栗子泡芙啊，這個外皮很酥很好吃喔。」

「對、對呀！硬硬的餅乾脆皮就不用說了，濃醇滑順的栗子奶油跟鬆軟鮮奶油的滋味更是絕妙！」

「嗯嗯，真的很好吃。除此之外，那邊的南瓜布丁和蒙布朗銅鑼燒也是難分軒輊。」

「哇、哇，這也讓人很在意呢……啊，說到在意，還有這邊的地瓜紅茶聖代！這個組合讓人很意外，但看起來好像很好吃！」

聊到甜點的話題，沙紀的眼眸就綻放光彩。

看來她跟姬子一樣，被鄉下沒有的各種甜品深深吸引。

隼人勾起嘴角，接著沙紀又把手上的其他甜點遞了過來，似乎在徵詢他的意見。

「哦，我看看……305大卡啊。」

「是啊，這個居然有305大卡……！」

「嗯嗯，雙重栗子泡芙是280大卡……每個的熱量都跟一碗飯差不多呢。對了，妳白天不是還吃了可麗餅嗎？」

「……咦、啊……哥、哥哥，你很壞耶。」

沙紀不滿地鼓起臉頰。

她看著手上的甜點嘆了口氣，有些不情願地放回架上。

隼人卻馬上拿起被她放回去的甜點，露出惡作劇般的笑容。

「哥哥……？」

「這種日子就不必思考了，盡情吃喜歡的東西吧，不必有罪惡感。」

「！好的……！」

沙紀眨眨眼睛倒抽一口氣，隨後笑逐顏開。

隼人也跟著笑了起來。這時他忽然想起一件事，停下手邊的動作說：

「啊，也該買姬子和春希的份，不然她們會鬧脾氣。要買什麼好呢？」

「……………啊，這倒是。」

聽到隼人的自言自語，沙紀才一臉尷尬，彷彿現在才發現這一點。

於是隼人心中湧現出惡作劇的念頭，用平常調侃春希和姬子的口氣說道：

「妳該不會忘了吧？」

「哪、哪有！」

「哈哈，晚上逛超商讓妳這麼開心啊？」

「不、不知道啦！討厭～～！」

沙紀嘟起嘴脣將臉別向一旁，隼人對著她的背影頻頻道歉。

從超商回家的路上。

跟來時不同的是，隼人和沙紀聊得十分熱絡。

「超商賣的東西真的好多，我都移不開目光了。」

「有時候回過神才發現自己亂買東西了。」
「我懂！前陣子我也只是陪小姬去逛，但看到她興高采烈地挑冰淇淋，我也沒忍住。」
「我之前睡過頭的那個早上也是，看到前面的客人買了炸雞串，就順手買了一串。」
「對！就是這樣！」
「啊哈哈，是啊。」
以往兩人雖然有些疏遠，但畢竟住在同一個全村人都認識的鄉下，又是妹妹的朋友。到處都能聽到人們在談論彼此，他們也了解對方的為人。
兩人你一言我一語地聊著天，對話節奏十分流暢，甚至讓隼人產生錯覺，彷彿他們從以前就是這樣。
所以他自然而然地說出這句話：
「啊，對了。沙紀，這個給妳。」
他拿出口袋裡的那個東西交給沙紀。
「這是……鑰匙包？」
是個皮革鑰匙包，上頭的Q版狐狸刺繡十分可愛。
沙紀將鑰匙包放在掌心把玩了一番，充滿疑惑地眨眨眼回望隼人。

「之前我在月野瀨發燒昏倒時受妳照顧了，算是回禮吧……」

「何必這麼客氣。」

「因、因為妳好像都直接帶著家裡鑰匙，而且我看到狐狸就想到妳，就是喬遷賀禮啦！啊～那個，可以順便當作喬遷賀禮吧……！」

隼人連珠炮似的說著這些像藉口的話。

這是他第一次這麼鄭重其事地送禮給別人。

對象是最近親近了不少，但依舊是妹妹的朋友這種難以形容的關係。

在這股一言難盡的尷尬氣氛中，沙紀緊盯著鑰匙包，接著笑逐顏開。

「……好開心喔！我會好好珍惜！」

「！喔、喔，妳喜歡就好。」

「嗯！」

隼人心中當然有幾分忐忑，但看到沙紀臉上綻放出充滿喜悅的燦爛笑容，這股忐忑也頓時煙消雲散。

有種心癢的感覺。

而且像這樣在前所未有的極近距離下聊天，隼人也發現了沙紀這個少女的各種面貌，過去他從來沒見過。

歡笑、憤怒、驚訝、鬧脾氣——千變萬化、感情充沛的這張臉，一定是她平常在姬子面前展現的樣貌吧。

如今她也願意在隼人面前呈現了。

這種感覺真不可思議。

而且這是沙紀自己渴望引發的變化。

那天祭典結束後。

沙紀對隼人和春希狠狠抒發自己的心情，耀眼奪目的身影鮮明又強烈，讓人畢生難忘。

隼人回想起當時的畫面並瞇起雙眼，才發現沙紀一臉不解地盯著他看。

「哥哥？」

「嗯？啊啊，我只是覺得，像這樣跟沙紀在一起的感覺很不可思議。」

「……是啊，畢竟我們在月野瀨幾乎說不上話嘛。」

「在暑假之前，我也無法想像會像這樣跟妳一起在晚上來超商買東西。」

「我也是。」

沙紀輕聲笑道，往前走了一步。

她握著鑰匙包將雙手背在後頭，抬頭看著公寓。

「這一定是春希姊姊的功勞。」

「春希？」

「因為她邀我進聊天群組，來月野瀨找我，還拉著我的手帶我去好多地方，我原本封閉已久的世界才頓時豁然開朗——而且，我也想起來了。」

「想起什麼？」

「只要改變自己，世界也會有所變化。所以啊，我現在才會在這裡。」

「……」

回過頭的沙紀嫣然一笑。

她的笑容好美，眼神無比真摯，讓隼人不禁瞇起眼睛。

接著，沙紀用有些俏皮的嗓音如吟詠般繼續說道：

「但畢竟是臨時搬家嘛，還是困難重重。每天早上都要努力爬出被窩，垃圾也會不小心忘了丟，只能堆在家裡。前陣子我按了洗衣機就去做其他事，結果忘記拿出來晾，太陽都下山了！」

「哈哈，妳這冒失鬼。」

「今天也被街頭推銷的人逮到，還被怪人纏住。」
「那個連我都嚇到了呢。」
「啊哈哈……不僅如此，學業上也很辛苦，周遭都是不認識的人，還有好多該記住的事，讓我老是頭昏眼花……可是在這裡，小姬、春希姊姊和哥哥就在我身邊，而且──」
說完，沙紀有些羞澀地將手伸向隼人面前。
「只要伸出手，就能碰到你們。」
「……」
凜然又通透的嗓音充滿了堅定的意志。
隼人不禁屏息瞪大雙眼。
不知怎地，這個自然無比的舉動讓隼人看見了她在祭典表演神樂舞的影子，完全無法移開目光。
但不同於神樂舞的是，這次她獻舞的對象並非神明，而是隼人，而且他們站在同一座舞台上。

所以隼人像是被吸引般抓住了沙紀的手，彷彿這麼做理所當然。有點冰涼，感覺能完全包在掌心內的柔嫩小手。

這讓隼人強烈地意識到沙紀是女孩子，是異性的事實。

他不禁怦然心動。從沙紀以往的表現，實在很難想像她會這麼做。

沙紀則驚訝地眨眨眼睛。

彷彿也沒想到自己會做出這種舉動。

兩人的視線交會了一瞬。

隨後沙紀一個轉身，直接拉起隼人的手奮力往前衝。

「我、我們走吧，哥哥！」

「沙、沙紀！」

隼人朝她的背影喊道，不經意瞥見她的耳朵紅了。

沙紀像在掩飾害羞，語速飛快地拋出話來。

「哥哥，你常像今天這樣晚上來逛超商嗎？」

「不到頻繁的程度，但忘記買牛奶或垃圾袋用完的時候就會。」

「會跟小姬或春希姊姊一起來嗎？」

「有時候會一起來，有時候會讓她們倆去跑腿！」

「啊哈！感覺是日常生活的一部分呢！」

「對啊！」

「那從今以後，也讓我加入哥哥這種平凡的日常生活好嗎！」

「……好！」

眼前出現了行人穿越道。

綠燈才剛開始閃爍，有充分的時間在紅燈亮起前走過去，公寓也近在眼前，平常應該會一鼓作氣衝過去才對。

他們卻不約而同地停下腳步，像是想讓這段不可思議的時間繼續延長，也像有些依依不捨。

兩人肩並著肩，調整紊亂的呼吸。

沙紀直盯著正前方低喃：

「哥哥，你是第一個。」

說完，沙紀往牽著的手加重了力道。

強而有力，彷彿在說「我就在這裡喔」，彰顯自我的存在感。

「教會我『只要改變自己，世界也會有所變化』這個道理的人。」

「……咦？什麼意思……」

沙紀的嗓音十分認真。

隼人卻只是傻呼呼地回了一句。

他疑惑地看向沙紀的側臉，發現她露出緬懷的眼神，似乎在眺望遠方，又像在確認某種重要的事物。見狀，隼人也愣住不動。

所以他明白這對沙紀來說是多麼重要的事。

隼人努力翻找記憶。

但不管怎麼想都毫無頭緒。

沙紀看著眉頭緊皺歪頭疑惑的隼人，用理所當然的態度輕聲笑了起來。

「呵呵，這是祕密。」

「啊，等一下！」

綠燈一亮，她就往前跑去。

隼人從剛剛就一直被沙紀耍得團團轉。

也感覺到自己對她的認知確實有了變化。

隼人有點鬧脾氣地說「什麼啦」，沙紀也語帶調侃地回了「啊哈哈」的笑聲。

所以隼人用力回握被她牽住的手，彷彿在表達抗議。

尾聲

『哥哥♪』
在模糊的意識中，有個愉悅的聲音喊了隼人一聲。
回頭一看，原來是穿著巫女服的沙紀。
沒有其他人。
不僅如此，周圍甚至空無一物。
所在之處蓬鬆柔軟，彷彿在雲層裡頭。
隼人疑惑地歪頭心想：「這是什麼地方？」沙紀卻忽然牽起他的手，用炙熱的視線盯著他看。
『呵呵。』
沙紀露出妖豔的笑容，無比挑逗地緊扣住隼人的手指，下一秒就依偎過來。
『！』

事發突然，隼人不禁嚇得往後退。

但因為沙紀緊緊牽著他的手，看起來就像忽然被隼人一把拉過似的，腳也絆在一起。

隼人心想「危險」，但已經太遲了。

見沙紀快要跌倒，隼人本想伸出另一隻手，卻因為手被沙紀牽住而失去平衡，於是兩人雙雙倒下。

『——！』

他發不出聲音。

頭埋在一股柔軟當中，一抬頭就和眼前的沙紀四目相交。

近在咫尺的距離。

兩人幾乎是相擁的姿勢，也像是他推倒沙紀的感覺。

隼人急著想拉開距離，沙紀的手卻搭上他的臉頰，似乎不想放過他。沙紀也用力握住緊緊牽著的手，將他留在原地。

彼此視線交會。

沙紀的眼眸染上了淫蕩的色彩，還用粉櫻色的舌尖舔淡紅色的下唇，臉上露出小惡魔般的微笑。

雙方吐出的氣息熱燙又失序。

在混亂的意識中，他聽見沙紀擺動身體的衣物摩擦聲。

隨後便有一股莫名的甜美香氣竄入鼻腔，瓦解他的理智。

隼人頭暈目眩，將視線往下移，發現沙紀敞開白衣，胸口裸露到差點走光的程度。

他嚥了嚥口水。

沙紀就在自己懷裡。

柔軟又香甜，如果能直接將她緊擁入懷，感覺一定很舒服吧。在這麼近的距離，隼人強烈感受到她這個異性的存在。

明明不該有這種想法，腦袋也明白不能感受到這一點，隼人的視線卻離不開她。

看到隼人的反應，沙紀發出妖媚的輕笑聲，接著將嘴湊到隼人耳邊，用性感的嗓音誘惑地呢喃：

『你覺得，我可愛嗎？』

「——————！哈啊、哈啊、哈啊……」

隼人忍不住彈起上半身。

心臟跳得飛快，彷彿下一秒就要破裂。全身上下因為汗水和愧疚感變得濕淋淋的。

他用右手摀著臉，難為情地低下頭。

接著他望向四周，像要確認這裡是不是現實。

從窗簾縫隙隱約可見的天色依舊昏暗，他看看時間，發現還沒五點。

桌上放著昨晚看過但擱置在原處的輕型機車駕照考古題。

在這個寧靜房間的隔壁，隔著一面牆的姬子房間裡，沙紀應該還毫無防備地沉浸在夢鄉裡吧。

這個事實反倒讓心裡那股浮躁的火苗燒得更旺盛了。

「可惡……！」

以朋友的哥哥而言，這個夢簡直爛透了，居然將沙紀完全當成異性看待。

隼人的身體因為沙紀這名少女而興奮起來，根本難以忽視。

性感冶豔的觸感還真實地殘留在手上，到底是因為剛剛那場夢，還是因為想起昨天握過沙紀的手？

快要被罪惡感和悖德感擊垮了。

他嚥了口水，同時用力搖頭。

又咬緊牙關複習過去的記憶，彷彿在確認。

他從很小的時候就一直看著沙紀。

在家裡，在學校，在某個路邊。

沙紀總是在姬子身邊，也在隼人觸手可及之處。

有時歡笑，有時鬧鬧脾氣，還會被嚇一跳。

時而嬉鬧，時而開心，有時也會賭氣。

如今她也會在隼人面前展現出各種情緒。

但祭典時的神樂舞演出，還是在隼人腦海中留下最深刻的烙印。

簡直光彩奪目。

這些時候也一樣。

在月野瀨高聲喊出自己的願望時。

在醫院直接表達自己的心願時。

還有昨晚為了抓住隼人而伸出手時。

村尾沙紀。

性格儒雅溫順，雖然搬到都市後還是會讓人捏把冷汗，但這個小他一歲的女孩子，依舊帶有獨特的堅毅氣質。

隼人偷偷將她放上心中的天秤。

妹妹的摯友。

春希（兒時玩伴）的朋友。

故鄉神社的巫女。

雖然也試著放上好幾種不同的身分，但每一種都不相配。

這只讓他意識到一件事。

早在沙紀來到這個都市之前，隼人對她的觀感就偏向「特別的女孩子」了。

隼人抱著頭嘆了一口氣。

並用迷茫的嗓音自言自語：

「以後我該用什麼態度面對她啊……」

後記

我是雲雀湯！正確來說，是某個城市的大眾澡堂「雲雀湯」的店貓！喵～～！
時間過得好快，已經在這裡跟大家見五次面了呢！

《轉美》第五集，大家覺得怎麼樣呢？
不知不覺已經累積到一隻手的手指的集數了。
雖然是第五集，其實是將網路連載版大幅重整，幾乎算是額外加筆的內容了。
我想營造出「沙紀搬到都市，為下一個舞台拉開序幕」的感覺。
也為各位帶來滿滿的全新日常生活和戀愛喜劇成分。
這讓我深刻體會到戀愛喜劇的難度。
這集存在感不高的那些角色們，下集我也想增加他們的戲分。
臨時岔個話題，這次的進度壓縮得好緊啊，哎呀，真的超緊繃的。

因為某些原因截稿日被提前，我寫文的時候必須以速度為優先，寫完一話就要寄給編輯從頭校對。還被編輯告知最終的截稿期限，得在那之前努力完成！真的是如履薄冰啊！我還是比較喜歡有緩衝空間的進度！

但只要努力還是能完成呢，連我自己都嚇了一跳。

希望下次時間可以充裕一點（祈禱）。

在如此緊迫的進度下，這集的角色們也頻頻脫稿演出，讓我捏了把冷汗，但應該還是有完美收尾吧？

此外，編輯在校對階段也點出讓我大吃一驚的問題，就是第一話沙紀在吃早餐的時候。

編輯說：「穀物燕麥片是常溫保存，應該要放在櫃子而不是冰箱吧？」這個問題確實有道理。

可是！在鄉下！螞蟻就是神出鬼沒啊！而且我家連砂糖都放在冰箱裡，所以我就讓沙紀也把穀物燕麥片放進冰箱了。

這是私事，我家養了一隻貓！是公的挪威森林貓！這個品種長大後體型會偏大，但兩個月大的時候還小得可以放在手掌上。我想好好守護牠長大。

而且貓罐頭比人類吃的罐頭還要貴耶。

對了，最近我忽然燃起一股「想去未知的地方冒險」的念頭，所以在今年黃金週結束後的某個平日，我去了一趟天橋立。

因為我很早就到了，現場只有我一個人，我就帶著超奢侈的心情慢慢散步。

我印象最深刻的是一塊告示牌，上頭寫著「此處會以遙控直升機灑藥撲殺松材線蟲，請上班上學的民眾多加留意」。原、原來還有這種生活啊，我莫名心生感動。

我還順便造訪了以舟屋聞名的伊根。因為我出生在不靠海的內陸縣市，看到海就覺得好雀躍！海鮮蓋飯也超好吃！

在這趟天橋立～伊根的旅途中，有個預期外的景點深深吸引了我。

就是京都丹後鐵道。

只有一節車廂的可愛電車會在山川海濱等各個絕美景點之間行駛。看到那輛電車，我覺得隨著電車搖晃來場小旅行也不錯。

因為我以前對電車毫無興趣，自己也嚇了一跳。下次找個機會去搭搭看吧。

篇幅所剩不多了。

感謝大家寄來的粉絲信。

其實我罹患了「粉絲信缺乏症」這種重病，如果書籍上市後沒攝取到粉絲信，就會恐慌到只能在晚上入眠。我都要仰賴大家的粉絲信來續命，所以請各位不要客氣盡量寄過來。

此外，大山樹奈老師繪製的漫畫版第一集也上市了。第二集應該也會在近期出版吧？也請各位多多捧場！

最後，我要感謝K責編不斷陪我商量並提出建議。負責插畫的シソ老師，謝謝您提供精美的插畫。我也要對支持我的所有人，以及讀到這裡的每位讀者獻上由衷的感激。希望往後也能繼續得到你們的支持。

粉絲信跟平常一樣，只寫一句「喵～」也沒關係喔！

喵～～！

令和4年　7月　雲雀湯

【好消息】我的不起眼未婚妻在家有夠可愛。 1~5 待續

Kadokawa Fantastic Novels

作者：氷高悠　插畫：たん旦

季節來到有著許多活動的12月，
遊一與結花的關係也將更進一步！

寒假即將來臨！教室裡、慶功宴上，結花努力和班上同學培養感情，甚至不惜Cosplay？遊一跟上結花的店鋪演唱會行程，展開只有兩人的旅行！而且必須在外過夜？接著來臨的是聖誕節。兩人在第一次共度的聖誕夜裡得到了什麼樣的「寶貴事物」呢——

各 **NT$200~230/HK$67~77**

青梅竹馬絕對不會輸的戀愛喜劇 1~9 待續

Kadokawa Fantastic Novels

作者：二丸修一　插畫：しぐれうい

女主角們之間戰雲密布，
聖戰開打的第9集！

我跟老爸吵架，在衝動下離家出走，正走投無路時居然就接到白草打來的救命電話！我到白草的房間，便發現白草散發的氣息好像跟平時不同……？面對情人節，白草決定要一決勝負。她能贏過領先一步的黑羽，還有虎視眈眈地等候機會的真理愛嗎？

各 **NT$200~240/HK$67~80**

國家圖書館出版品預行編目資料

轉學後班上的清純可愛美少女，竟是小時候玩在一起的哥兒們 / 雲雀湯作；林孟潔譯. -- 初版. -- 臺北市：臺灣角川股份有限公司，2023.05-
冊；　公分. -- (Kadokawa fantastic novels)
譯自：転校先の清楚可憐な美少女が、昔男子と思って一緒に遊んだ幼馴染だった件
ISBN 978-626-352-532-0(第5冊：平裝)

861.57　　112003770

Kadokawa Fantastic Novels

轉學後班上的清純可愛美少女，竟是小時候玩在一起的哥兒們 5

（原著名：転校先の清楚可憐な美少女が、昔男子と思って一緒に遊んだ幼馴染だった件 5）

2023年5月24日　初版第1刷發行
2023年8月10日　初版第2刷發行

作　　者：雲雀湯
插　　畫：シソ
譯　　者：林孟潔

發 行 人：岩崎剛人
總 編 輯：蔡佩芬
編　　輯：孫千棻
美術設計：李思穎
印　　務：李明修（主任）、張加恩（主任）、張凱棋
發 行 所：台灣角川股份有限公司
地　　址：104台北市中山區松江路223號3樓
電　　話：（02）2515-3000
傳　　真：（02）2515-0033
網　　址：www.kadokawa.com.tw
劃撥帳戶：台灣角川股份有限公司
劃撥帳號：19487412
法律顧問：有澤法律事務所
製　　版：巨茂科技印刷有限公司
ISBN：978-626-352-532-0